集英社オレンジ文庫

ゆきうさぎのお品書き

風花舞う日にみぞれ鍋

小湊悠貴

本書は書き下ろしです。

もくじ

イラスト／イシヤマアズサ

序章　若葉の季節に店開き

商い中

いまでもときおり思い出す。

若葉揺れるあの日、彼女がはじめてバイトにやって来た日のことを。


五月十八日、十六時四十分。

その日、雪村大樹《ゆきむらだいき》はいつものように、自身が経営する小料理屋「ゆきうさぎ」の厨房《ちゆうぼう》に立っていた。小皿を使い、鍋の中で煮込まれている肉じゃがの味を確認する。

女将《おかみ》だった亡き祖母の後を継ぎ、店主となって五カ月あまり。

経営については大学で専門的に学んでいたし、卒業後は祖母から実践的な手ほどきを受けた。それでも実際にひとりでこなすとなると大変で、しばらくは苦労の連続だった。気の休まらない日々が続いたが、最近はようやく事務仕事にも慣れ、一時的な閉店で離れていた常連客も、再開の噂《うわさ》を聞きつけ戻りつつある。

(経営も少しずつ安定してきたし、これからもっと軌道に乗せていかないとな)

コンロの火を止めたとき、出入り口の格子戸《こうしど》が音を立てた。

外には「準備中」の札を下げているが、食材業者が納品に来るため、鍵はかけていない。

控えめに開いた戸から顔をのぞかせたのは、業者ではなくひとりの少女だった。

大樹と目が合うと、彼女は緊張しながらも口を開いた。

「あ、こ、こんにちは！」

ぺこりと頭を下げたかと思うと、何かに気づいたのか「あっ」と声をあげる。

「違った。出勤したときは、夕方でも『おはようございます』って言うんですよね」

律儀に挨拶《あいさつ》し直した彼女――玉木碧《たまきあおい》は、おずおずと中に入ってきた。

（ミケさんもそうだったけど、この子も小さいな）

少し前に退職した女性の代わりに、新しいバイトとして雇うことになった碧は、大樹より七つ年下の十八歳。身長は平均よりも低く、一五二、三センチといったところか。顔つきにはまだ幼さが残っており、化粧気もないので、大学生にはあまり見えない。

染めている気配がない黒髪はポニーテールに結び、学校帰りなのか大きなトートバッグを肩にかけていた。地味だが真面目そうな学生だ。

数日前、碧は家に帰る途中で貧血を起こし、店の前にうずくまっていた。

常連客の娘である彼女については、その存在は知っていたものの、顔を合わせたのはあのときがはじめてだった。救急車を呼ぼうとしたが、本人は「大丈夫です」と言うばかり。それでも放っておくわけにもいかなかったので、とりあえず店内で休んでもらうことにしたのだ。

あのときとくらべれば、いまの顔色はましだと言える。だが……。

（やっぱり痩《や》せすぎだ）

一目で見てわかるくらいに、碧の肉付きは悪かった。体重は定かではないが、おそらく四十キロもないだろう。頰《ほお》はげっそりしているし、手足も細く、強風が吹けばあっさり飛んでいってしまいそうなほどに弱々しい。ろくに食事をとっていないのは明らかで、その儚《はかな》さが、大樹を不安にさせた。

過度なダイエットで体に負担をかけると、摂食障害になってしまう人もいる。しかし碧の場合は、別のところに原因があった。彼女は二カ月前に、最愛の母を亡くしたのだ。大きな悲しみと衝撃が、彼女とその父親から、食欲という本能を奪ってしまった。

食欲は生きるために不可欠な、最低限の欲求だ。それを失えば、あとは弱っていくばかり。体力がなければ気力も湧かず、衰弱はより加速する。玉木親子はふたりそろって、その坂道を転がりかけていた。

「あの、雪村さん」

遠慮がちにかけられた声で、大樹は我に返った。

「すみません。まずはどうすればいいんでしょう……」

カウンターを挟んだ向かいで、碧は所在なげに立ち尽くしている。

彼女は今日が初出勤で、アルバイト自体もはじめての経験なのだという。

大樹は碧をともなって、厨房の奥にある小部屋に向かった。四畳半の和室は母屋《おもや》とつながっており、スタッフ用の休憩室として使っている。大樹は碧にまっさらなタイムカードを一枚渡して、年季の入ったタイムレコーダーを指差した。

「出勤と退勤の時間を記録するから、忘れないように打刻《だこく》して」

「はい！」

何が嬉《うれ》しいのか、碧は目を輝かせながらタイムカードを見つめている。

すべてが初体験だから、大樹にとってはなんでもないことでも、子どものようにわくわくするのだろう。好奇心が旺盛《おうせい》なのはいいことだ。

「あと、これがエプロン。新品じゃなくて悪いけど、好きなほうを選んでいいから」

大樹が用意したのは、自分が使っているエプロンの予備と、亡き祖母が愛用していた割《かっ》烹着《ぽうぎ》だった。お古だが目立った汚れはないし、しばらくは使えるだろう。

広げたエプロンと割烹着を見くらべていた碧は、前者を選択した。

「サイズ、ちょっと大きくないか？」

「大丈夫です。割烹着はその、わたしには似合わない気がして」

碧はそう言って、いそいそとエプロンをつけた。

ぶかぶかのエプロンは、やはりサイズが合っていない。しかしその姿には、不思議な愛《あい》嬌《きょう》があった。まあいいかと笑った大樹は、室内を回って説明を続ける。

「ロッカーはないから、貴重品はポケットに入れるか、ウエストポーチか何かにしまって身に着けておくこと。このハンガーは自由に使ってかまわない」

「わかりました」

「こっちのドアは母屋につながってるけど、営業中は鍵をかけてる。トイレは店のほうにあるから、それを使ってくれ。休憩時間は店内の混み具合によって変わるけど、ぶっ通しで働かせるようなことはしない。ここまでで何か質問は?」

メモ帳から顔を上げた碧は、「ありません!」と答えた。はきはきとしたいい返事だ。

「それじゃ、さっそく仕事をしてもらおうか」

休憩室を出た大樹は、掃除用のロッカーからホウキとモップをとり出した。

碧はほとんど料理をしたことがないそうなので、まずは掃除からやってもらおう。仕込みの手伝いができなくても、掃除のほかに給仕と会計、消耗品の買い物ができるようになれば、こちらとしてはかなり助かる。

「床の掃除が終わったら、テーブルを水拭きする。調味料入れの醤油《しょうゆ》とかソースが少なくなっていたら補充しておいてくれ。わからないことがあればその都度訊《き》いて」

指示を出すと、碧はさっそくホウキで床を掃きはじめた。

慣れないながらも、与えられた仕事を一生懸命こなそうとしている。そのひたむきさに感心しながら、大樹は店の奥にある大きな厨房に入った。引き続き料理の仕込みにとりかかったが、ふと思い立ち、業務用の冷蔵庫を開ける。

(店を開く前に、何か食べさせておくか)

基本的に賄《まかな》いは閉店後に出しているが、今日は初仕事ということで特別だ。

碧は数日前、大樹がつくったほうれん草のポタージュや、手づくりの特製ポテトサラダをおいしそうに平らげていた。賄いで栄養のある食事を出し続ければ、次第に体力がついていくだろう。

冷蔵庫には牛乳やバターが多めにあり、肉じゃがで使ったじゃがいもと玉ねぎも残っていた。免疫力を上げるためにも、食べやすくて体もあたたまるようなものがいい。少し考えた末にメニューを決めた大樹は、じゃがいもの皮をするすると剝《む》きはじめた。

野菜を切り分けてから、バターを溶かした鍋でそれらを炒《いた》める。しんなりしてきたところで、ストックしておいた自家製の鶏《とり》ガラスープと熱湯、そして少量のカレー粉と薄力粉を少々加えて煮込んでいった。じゃがいもに火が通ったら、小房に分けたブロッコリーと牛乳を投入して加熱する。仕上げに塩コショウで味をととのえれば完成だ。

とろみをつけたミルクカレースープには、玉ねぎの甘味やほくほくとした食感のじゃがいも、鶏ガラの旨味《うまみ》がたっぷり溶けこんでいる。クミンやコリアンダー、ガラムマサラといったスパイスには食欲増進の効果が期待できるし、消化を促進する働きもある。これで少しでも食への興味が増してくれたら。

ふと、突き刺さるような視線に気づいて顔を上げる。厨房の出入り口から、碧が顔だけをのぞかせていた。カレーのスパイシーな香りに誘われたのか、目を見開き食い入るようにしてこちらを見つめている。

目が合ったとたん、碧はさっと頭を引っこめてしまった。なんだか猫のような動きだ。

(猫だったら、名前はタマかな。玉木だし)

小さく笑った大樹は、できあがったスープを味見した。これだけでもじゅうぶんおいしいのだが、時間があるのでもうひと手間。

今日はデザート用に、業務用のパイシートを使って白あんとくるみの和風パイを仕込んでいた。大樹は残っていたシートを冷凍庫からとり出し、用意した耐熱容器よりもひとまわり大きく切り分ける。シートにはフォークで等間隔に穴をあけ、スープをそそいだ容器にかぶせ、刷毛《はけ》で卵液を塗っていった。

下ごしらえが終わると、余熱しておいたオーブンに容器を入れて、約十分。

ふっくらと焼き上がったパイの香りが、カレーの匂いとともに厨房に広がる。天板をとり出すと、焦げ目がついた表面は、ほどよいきつね色になっていた。

「玉木さん」

呼びかけると、頑固な汚れでもあったのか、四人がけのテーブルを執拗《しつよう》に磨いていた碧が顔を上げた。できたてのポットパイをカウンターの上に置いたとたん、磁石が引き合うかのような勢いで近づいてくる。

「あの。こ、こちらのものすごくおいしそうな香りを放つものは」

「ミルクカレースープのポットパイ」

答えながら、大樹は碧にスプーンを手渡す。

「お客が来る前に、腹の中に入れておけ。立ち仕事だから体力つけておかないと。これくらいなら食べられるだろ？」

碧はこくりとうなずいた。その目は料理に釘付けだ。

思った以上の反応に驚いたが、もしかしたらこの中に好物でも入っているのかもしれない。カウンター席に腰かけた碧は、容器を覆《おお》うパイ皮にスプーンを差しこんだ。ぱりっという音とともに皮が崩れ、閉じこめられていた熱々のスープが湯気を立てる。碧は息を吹きかけて冷ましてから、スープに浸《ひた》したパイ皮を口に運んだ。

一口食べた彼女は、ふにゃりと笑った。表情をゆるめ、幸せそうに目尻を下げる。

「あったかい……」

満ち足りたその様子にほっとした。季節にかかわらず、体の冷えは万病のもと。中からあたためることは、健康につながる第一歩だ。ポットパイが減るにつれて、碧の頬には赤みがさしていく。これで血のめぐりもよくなるだろう。

「雪村さんのお料理、どうしてこんなにおいしいのかなぁ」

ポットパイを食べ終えた碧は、うっとりしながらつぶやいた。

「ほかのものはまだ食べる気になれないのに、雪村さんがつくったご飯はすごくいい匂いがして、おいしそうに見えるんです。魔法でもかかっているみたい」

「いきなりファンタジーだな」

「あ、笑いましたね。ファンタジーでもいいんです。わたしにとって、『ゆきうさぎ』で食べるお料理は、どれも魔法のご飯なんだから」

声をはずませる碧につられて、こちらまで嬉しくなってくる。

さて。不思議な縁で拾うことになったこの猫《タマ》を、これからどうやって太らせようか。

スープの最後の一滴まで、きれいに平らげられた容器を見つめながら、大樹は彼女のために どんな賄いをつくっていこうかと考えはじめるのだった。

第1話　小料理屋の冬語り

壁掛け時計の針が二十二時を指したとき、奥の座敷から声があがった。

「おお、もう閉店じゃねえか」

「あ、ほんとだ。時間が経《た》つのはあっという間ですねー」

「三人だけなのに食べたねえ。割り勘だといくらになるのかな」

年内最後の営業日。いつもより少しはやめの閉店時刻まで忘年会と称した宴会を開いていたのは、「ゆきうさぎ」ではお馴染《なじ》みの常連たちだった。

御年八十二、常連のヌシこと久保《くぼ》彰三《しょうぞう》に、この中ではもっとも若い（といっても四十代だが）会社員の花嶋《はなしま》匠《たくみ》。そしてクリーニング屋の店主であり、商店会の会長もつとめる還暦過ぎの八尾谷《やおたに》進《すすむ》。ここに碧《あおい》の父である浩介《こうすけ》を加えれば、仲良し常連四人組となるのだがあいにく会社の忘年会と重なってしまったらしく、今回は不参加だった。

「大《だい》ちゃん、長々と居座って悪かったなぁ。いま会計すっから」

「ゆっくりで大丈夫ですよ」

カウンター内の簡易厨房《ちゅうぼう》にいた大樹《だいき》は、彰三の言葉に笑顔で答える。

店内に残っているお客は彼らだけ。いずれも先代女将《おかみ》の存命中から通ってくれている大事な常連だ。飲み屋はほかにもたくさんあるのに、年内最後の日まで「ゆきうさぎ」に足を運んでくれたことを嬉《うれ》しく思う。

「えーと。三人で割ると、ひとりあたま六千五百円くらいになると思います」

座卓に肘《ひじ》をついた花嶋が、伝票を見ておおよその見当をつける。

「ふむ……。な、なかなかの金額だね」

「ま、年に一回か二回の贅沢《ぜいたく》だ。蟹鍋《かになべ》も食えたし、おれは満足だぞ」

会計は普段、大樹が行うことはあまりなく、バイトの誰かにまかせている。

今日はパートの鈴原百合《すずはらゆり》がシフトに入っていたが、彼女は小学生の息子とふたりで暮らしているため、あまり遅くまで働かせることはできない。この時間にはすでに退勤していたので、大樹はみずからレジの前に立ち、彰三から伝票を受けとった。

「これはまた……。こんなに頼んでたんですか」

「うはは。忘年会くらいは好きなだけ飲み食いしてもいいだろ」

「そんなこと言って、年が明けたら今度は新年会と称して飲む気でしょう」

「大ちゃん、そこは言いっこなしよ」

「まあ、こちらとしては儲《もう》かるからありがたいですけどね」

伝票通りに金額を打ちこむと、合計がみるみるうちに上がっていく。

「でも、健康にはくれぐれも気をつけてくださいよ。正月も羽目をはずして飲みすぎないようにして。餅《もち》も喉《のど》に詰まらせないように、早食いは控えて……」

彰三はひとり暮らしなので、心配のあまりついくどくど言ってしまう。元気に見えても八十過ぎだ。何事も用心するに越したことはない。

「年始の予定はいつも通りですか？」

「いんや」

予想に反して、彰三は首を横にふった。

ここ数年、彰三は住んでいるアパートの近くにある神社に初詣《はつもうで》に行き、あとは家でのんびりテレビを観ながら過ごすのが定番だったはずなのだが。

「うお、二万超えか」

「消費税が入りますからね」

「いやー、ここは酒も料理も美味《うま》いから、つい多めに頼んじまうんだよなぁ」

忘年会と銘《めい》打っただけあり、彰三たちが注文したのは普段よりも豪華な料理だった。ズワイガニを使った味噌《みそ》仕立ての鍋を筆頭に、新鮮な刺身や串揚げの盛り合わせ、そして事前に予約があった豚の角煮など。どれも単価は高いが、食材は上質だ。

花嶋と八尾谷会長から割り勘分を徴収し、さらに自分の財布から出した紙幣をまとめた彰三は、カルトンの上にそれを置く。千円札が多かったので、大樹が枚数を数えていると話の続きが聞こえてきた。

「大晦日《おおみそか》にな、うちの娘が一時帰国するんだわ。旦那とふたりで」

「ああ。そういえば秋にご結婚されたんですよね」

「まさかあいつが国際結婚なんぞするとはねえ。旦那は一度、ここに連れてきたよな」

「あのときは、たしか小籠包《ショーロンポー》をお出ししたんでしたっけ」

彰三のひとり娘は仕事の関係で香港《ホンコン》に住んでおり、年齢は花嶋とほぼ同じ。現地の男性と結婚し、現在はあちらのマンションで、夫婦仲良く暮らしているとか。それぞれの住まいは遠く離れているけれど、彰三親子は定期的に連絡をとり合っているようだ。

「正月は一緒に温泉旅行にでも行かないかって、娘に誘われたんだよ」

「へえ、いいですね。どこの温泉ですか？」

彰三はにやりと笑った。

「箱根《はこね》だよ。泊まるところは湯本《ゆもと》の『風花館《かざはなかん》』」

「え」

大樹は思わず動きを止めた。それはもしかしなくても、自分の実家なのでは……。

「東京からも近いし、ちょうどいいだろってことでさ。正月は繁忙期《はんぼうき》だしどうかと思ったんだが、運よく予約がとれてな。二日から一泊で行くことにしたんだよ」

「そ、そうなんですか」

旅館に宿泊してもらえるのはありがたい。だが、知り合いが宿泊客として実家に行くのかと思うと、なんとなく照れくさくなる。

「大ちゃんの実家ってことを抜きにしても、あの旅館、一度は泊まってみたいと思ってたんだよ。普段はスーパー銭湯ばっかりだしな」

「彰三さん、風呂好きですしね。うちの温泉はおすすめですよ」

「御曹司《おんぞうし》のお墨付《すみつ》きか。それにあの時期は、箱根で駅伝やってるだろ。いつもはテレビだから、生で観戦するのが楽しみでなぁ」

しわだらけの顔をほころばせた彰三は、大樹からお釣りの硬貨を受けとった。小銭入れに突っこんでから厚手のジャンパーをはおり、くたびれたキャップをかぶる。

大樹は帰り支度をすませた花嶋や八尾谷会長らとともに、格子戸《こうしど》を開けて外に出た。

真夜中の冬空は美しく澄んでいて、月はなく、ちらほらと星が瞬《またた》いている。雪は降っていなかったが、吐き出す息が白く立ちのぼった。体の芯から凍《こご》えるような冷たい空気が、足下から這《は》い上がってくる。

「うう。思っていたより冷えるね」

寒風に身震いした八尾谷会長が、コートの襟《えり》を立てて首をすくめる。その隣で、マフラーを首にぐるぐると巻きつけた花嶋が、手にしていたスマホから顔を上げた。

「アイスってなんだよー。この寒い日に」

「どうした、花ちゃん」

「上の娘からなんですけどね。帰る途中のコンビニで買って来いと。使い走りですよ」

「あの別嬪《べっぴん》な嬢ちゃんか。あったけえ部屋で食べるアイスは格別だよな」

三人の中で、ここからもっとも遠いのが花嶋の家だ。八尾谷会長の自宅は商店街の中にあり、彰三のアパートもさほどの距離はない。花嶋宅は神社を通り過ぎ、さらに奥のほうにあるという。せっかくあたたまった体も、帰り着くころには冷えてしまいそうだ。

「それじゃ、ここでお開きにしますか。今年もお世話になりました」

花嶋が軽く頭を下げると、大樹たちもそれぞれ「よいお年を」と返した。

商店街では近年、元日から開けている店も増えてきたが、「ゆきうさぎ」は例年通り一月三日まで休業する。とはいえ、彼らとは一週間もしないうちに、また顔を合わせることになるだろう。それでも年の瀬ということもあって、厳《おごそ》かな気持ちになる。

「花ちゃんとは途中まで一緒だな。ほれ、行くぞー」

「帰ったら熱いお風呂に入りたいなぁ」

連れ立って歩き出したふたりの姿が遠くなると、八尾谷会長に声をかけられた。

「大ちゃんは休業中、実家に帰るのかい？」

「いえ。今回は年始じゃなくて、二月に帰省する予定なんです」

「じゃあ正月はこっちにいるのか」

「そうですね。新年会にも行けますよ」

商店会では毎年、一月二日に八尾谷会長が主催する新年会が開かれている。近所の公民館にある大きな和室を貸し切って、店主とその家族がにぎやかに新しい年を祝うのだ。大樹はその時期、実家に帰っていることが多いのだが、今回は参加できる。

「彰三さんは旅行でいないけど、大ちゃんが来てくれるならよかった」

くだんの人物は商店会に所属してはいないのだけれど、この手の会合には高確率で参加している。何十年も前からそうなので、文句を言うような人はいないし、当然のように馴染んでいた。もはや「ゆきうさぎ」に限らず商店街のヌシと言えるだろう。

「ケータリングのランクも、前回より一段階上げたんだ。楽しみだな」

「一発芸は勘弁してくださいね」

「はは。芸はやりたい人がやるだろうから大丈夫だよ」

愉快そうに笑った八尾谷会長は、奥さんが待《ま》つ家へと帰っていった。

その姿を見送ってから、大樹は格子戸の前に吊《つ》り下げていた暖簾《のれん》をとりこむ。外気でひんやりとしたそれを小脇にかかえて店内に戻ると、エプロンのポケットに入れておいたスマホがメッセージを受信した。静まり返った室内に、軽快な電子音が鳴り響く。

送信者がわかると、口角が自然と上がった。

〈こんばんは！　今年の営業、お疲れさまでした～〉

トーク画面には、ねぎらいの言葉とともに、テンションの高い猫のキャラクターを使ったポップなスタンプが押されている。「ゆきうさぎ」のバイト学生で、つき合って半年になる碧からだった。返信しようとしたとき、さらなるメッセージが届く。

〈三十一日は十三時に行きますね　『くろおや』で限定のお菓子買っていくので〉

〈それ、タマが食べたいだけだろ〉

〈バレたか〉

すかさず舌を出した猫のスタンプが押され、大樹は思わず噴き出した。

碧とはあさっての大晦日に会う約束をしている。大樹の家でおせち料理の仕上げをしてから、隣町の大きな神社に初詣に出かける予定だった。碧は外で年越しをした経験がなく一度はやってみたいと言っていた。その希望をかなえるためだ。

『真夜中だけど、浩介さんは許してくれたのか？』

『はい。もう大人だし好きにしなさいって。でもその、雪村《ゆきむら》さんと出かけることは言ってませんよ。ミケさんとふたりで行くってことにしてあります』

『そうか。やっぱり内緒っていうのは罪悪感があるな……』

町内には樋野《ひの》神社があるのだが、なにぶん近すぎて知り合いと鉢合《はちあ》わせる可能性が非常に高い。大樹と碧がつき合っていることを知る人は、まだ数えるほどしかいないのだ。隣町まで行けば、誰かと遭遇《そうぐう》するようなことはないだろう。

〈おせち、頑張ってつくってますよ　できあがりが楽しみ〉

画面に打ち出されているのは文字だけなのに、碧の姿が目に浮かぶ。リビングのソファに座っているのか、それとも自室のベッドでごろごろしながら打っているのか。彼女が住むマンションには一度だけ行ったことがあるから、なんとなく想像ができる。

〈大掃除は明日までに終わらせておけよ〉

〈はい！〉

元気な返事が微笑《ほほえ》ましくて、大樹は表情をゆるませた。

そして、二日後の大晦日。約束していた通り、碧は十三時ぴったりにたずねてきた。

「こんにちはー。お腹《なか》すいちゃった」

開口一番にそれか。なんとも彼女らしい言葉に、自然と笑みが漏《も》れる。

　夕方から出かけることを踏まえてか、碧はいつもより分厚いコートを着込み、あたたかそうなマフラーを巻いている。ピクニックにでも行くようなクーラーバッグの中には、できあがったおせち料理を詰めるための保存容器が入っているのだろう。

「零一《れいいち》さんたちはもう向こうに？」

「昨日のうちにな。二日に帰ってくるってさ」

　この家で一緒に暮らしている叔父《おじ》夫婦は、年末年始は娘夫婦と過ごすため、長崎県まで出かけていった。叔父の妻には持病があるのだが、最近は治療の効果で容体が安定しており、主治医から旅行の許可が出たのだ。

「彰三さんもそうだけど、零一さんも娘さんと会うんですね」

「まあ、正月だしな。どっちも飛行機を使うような距離だから、こういったときでもないと会う機会がないんだろ。彰三さんのところは海外だし」

　上がるようにうながすと、碧は「お邪魔します」と言って靴《くつ》を脱いだ。

　空腹を満たすため、まずは畳敷《たたみじ》きの客間で昼食をふるまう。白菜とツナの豆乳クリームパスタに、豚《とん》しゃぶサラダ。これらは冷蔵庫の残り物を適当に混ぜ合わせてつくったのでさほどの手間はかかっていない。パスタは大盛りにしたが、自他ともに認める大食いの碧には足りないことがわかっていたので、もう一品を追加する。

これは残り物ではなく、碧のために用意しておいた食材で調理した。

できあがったそれをこたつテーブルの上に置くと、彼女の両目が見るもあらわに輝く。

「ミルクカレースープのポットパイ！」

「よくわかったな」

「このスパイシーで魅力的な香りを嗅《か》ぎ間違えるわけがないですよ。うわぁ、嬉しい！」

カレーが大好物の碧は、頰《ほお》を紅潮させながら「いただきまーす」と両手を合わせた。いつかのようにスプーンを握り、こんがりと焼き上がったパイ生地の皮を崩す。

碧が「ゆきうさぎ」でバイトをはじめた日、大樹は賄《まかな》いとしてこの料理を出した。味付けは同じだが、具材は少し違う。今回はじゃがいもと玉ねぎのほかに、ヨーグルトに漬けこんでおいた鶏肉《とりにく》も入れた。出会ったばかりのころはこれだけで満腹になったようだけれど、いまの彼女なら、パスタとサラダも含めてぺろりと平らげてしまうはずだ。

「ああ、やっぱりおいしい。マイルドだけどコクがあって最高……」

ポットパイを頰張る碧の表情は恍惚《こうこつ》としていて、いまにもとろけそうだ。

大樹が彼女にこの料理をつくったのは、三年半以上も前のこと。あのころの碧は母を亡くした悲しみで食欲を失い、あわれなほどにやつれていた。生気にも乏《とぼ》しく、いつ倒れてもおかしくないような健康状態だったと思う。

現在の彼女は平均よりも痩《や》せてはいるものの、賄いでせっせと栄養価の高いものを食べさせたおかげで、以前とくらべれば明らかに肉付きがよくなった。頬もふっくらとして色つやも申し分ない。食欲については言うまでもないだろう。

（顔つきもずいぶん大人びた）

出会ったばかりのころの碧は、まだ高校を卒業したばかり。大樹からすれば、未成年の彼女は女性というより、歳《とし》の離れた弱々しい少女にしか思えなかった。

それから数年。教師になるという夢を抱いて大学に入り、「ゆきうさぎ」で働きはじめた碧は、さまざまな経験を積み重ねて成長していった。頼りなかった少女は気がつけば、自立したしっかり者の女性に変貌《へんぼう》していた。中身はもちろんだが、外見からもあどけなさが消え、きちんと化粧をしたときは驚くほど大人びてきれいに見える。

ふくらんだつぼみが開き、大輪の花を咲かせる。碧はまさにその盛りに入ったのだ。

向かいに座っていた大樹は、碧の顔に右手を伸ばした。軽く頬をつまんでみると、指先からみずみずしい弾力が伝わってくる。

「……なんですか、いきなり」

「いや。なんというか餅みたいだなぁと」

「え、わたしそんなに太りました？」

「はじめて会ったころよりは。健康的でいいと思うぞ」

単純な好みで言えば、自分は華奢《きやしや》な女性よりもぽっちゃり型のほうに惹《ひ》かれる。とはいえ太りすぎは病気の元だから、許容範囲はあるけれど。碧についてはあと十キロ……いやせめて五キロでも太ってくれたらとは思うが、彼女の体質的にはむずかしそうだ。健康に見えるようにはなったのだから、これ以上は望むまい。

碧の頰から手を離すと、今度はスプーンを置いた彼女が上半身を乗り出した。お返しだと言わんばかりに、大樹の頰を両手でつまんで左右に引っぱる。

「あんまり伸びないなー」

「……楽しそうだな?」

「うふふ。イケメンも形無しですねえ」

にんまりと笑った碧は、指先で大樹の頰をむにむにと揉《も》みはじめる。つき合って半年にもなると、さすがに遠慮がなくなってくるらしい。碧は以前よりも気軽に触れてくるようになったし、大樹もそうしている。傍《はた》から見れば実にくだらない、他愛《たわい》のないじゃれ合いだけれど、ここには自分たちしかいないのだからいいだろう。

「ごちそうさまでしたー」

「お粗末様」

「夜はお蕎麦《そば》を食べましょう。天ぷらつきの年越し蕎麦。大晦日ですからね」

「もう夕飯の話かよ」

食事を終えた大樹と碧は、手分けをして後片付けをすませてから、おせち料理の仕上げに入る。大樹は毎年、実家の家族に差し入れするために手づくりしているが、碧は今回がはじめての挑戦だった。

就職が決まり、卒論も提出した彼女は、あとは卒業式を待つばかり。三月からは勤務予定の学校で研修がスタートするが、それまでは時間に余裕がある。いい機会だから、これまでやったことのない料理にチャレンジしたいと、碧は意欲を見せていた。

『おせちはつくったことがなかったし、この機に一度やってみたいなと思って。来年はそれどころじゃないかもしれないから、いまのうちに』

学校教員は仕事量も膨大だ。特に一年目は新しい生活に慣れるだけでも大変だし、覚えなければならないことも山のようにあるはずだから、年末年始は勉強に明け暮れて終わるかもしれない。碧はそう言って微笑んだ。それを苦に思うどころか、むしろわくわくしているようにすら見えたところは、実に彼女らしかった。

『だから来年、じゃなくて再来年は、雪村さんにつくってもらった豪華おせちをおいしくいただく予定です』

『えらく先の話だな。鬼が大爆笑だ』

『でも、案外あっという間だと思うんですよね。一年って』

『そうだな……』

時の流れは、歳をとればとるほどはやく感じるようになっていくらしい。まだまだ先だと思っていても、碧の言う通り、次の年末はすぐにやって来てしまうのだろう。

「さ、雪村さん！　おせちの仕上げをしちゃいましょう」

我に返った大樹は、冷蔵庫の扉を開けた。用意しておいた食材をとり出す。

現在は予約をすれば立派なセットを購入することができるし、この時期にはスーパーでも出来合いの具材がばら売りされている。それらを重箱に詰めれば見栄えのよいものが仕上がるため、昔のように手間暇《ひま》をかけなくても気軽に正月気分が味わえる。

しかし自分は小料理屋の店主だ。料理人としてはやはり、一年の総決算という意味もこめて、一から丁寧《ていねい》に仕上げていきたい。

おせち料理のつくり方は、亡き祖母から教わった。その味を忘れないためにも、大樹は毎年、数日をかけて少しずつ料理をつくり、とっておきの重箱に盛り付けてから実家に届けていた。いつもは三段重なのだが、今回は実家には行かないし、碧に手本を見せる目的もある。そのため初心者向けの二段におさまるようにつくっていた。

おせちに使われる料理の数は、重箱の大きさや段数によって差はあるものの、だいたい二十から三十種類ほどになる。何を置いても必ず用意するべき品は、黒豆と数の子、そして田作りもしくはたたきごぼうだ。これらがそろっていれば、立派に正月が迎えられると言われているほど基本となる正月料理で、「祝《いわ》い肴《ざかな》三種」と呼ばれている。

縁起物も忘れてはならない。ニンジンと大根でおめでたい水引《みずひき》をかたどった紅白なます。金団《きんとん》という漢字から金運を呼ぶとされる栗《くり》きんとん。「よろこぶ」の語呂合わせになぞらえた昆布《こぶ》巻きなどの品々には、新しい年への希望と明るい願いがこめられている。

ほかにも豪華さを出すために、醤油《しょうゆ》や昆布出汁《だし》で味つけした和風ローストビーフや、有頭の車海老《くるまえび》を使った甘辛煮。牛肉の八幡《やはた》巻きと、出世魚である鰤《ぶり》の幽庵《ゆうあん》焼きもお品書きに加えた。見た目の華やかさを重視するなら、海老は欠かせない食材だ。

これらはすでにつくり終えて保存しており、あとは重箱に詰めるだけ。いまから碧と一緒に、最後の四品を仕上げていく。

「きんぴらごぼうと筑前煮《ちくぜんに》は店で出してるし、いまさら習うまでもないな」

「はい。はじめてなのは松風《まつかぜ》焼きと伊達《だて》巻きですね」

「わかった。それじゃ、実際につくりながら教えていくから」

「お願いします！」

大樹はまず、鶏挽《ひ》き肉と各種調味料をデジタルスケールで計量した。

「これを鍋で炒《いた》め煮にしてくれ。ときどきかき回して、弱火でそぼろ状になるまでな」

「おまかせあれ！」

挽き肉の半分と調味料を鍋に入れると、碧はやる気満々でコンロに火をつけた。大樹はその間にすり鉢とすりこぎを用意して、長ネギをみじん切りにしておく。

碧が炒め煮にした挽き肉は、半分残しておいた生の挽き肉と合わせてすり混ぜる。なめらかになったところで溶き卵と調味料を加え、さらに練っていった。

「こんな感じでいいですか？」

「ああ、いい具合に粘《ねば》りが出たな」

できあがったタネはクッキングペーパーを敷いた型に詰め、平らにならしてから竹串で穴を開けていく。最後に白い芥子《けし》の実をふってから、予熱済みのオーブンに入れた。焼き上がったものを小さく切り分ければ、松風焼きの完成だ。味見をしたそれはジューシーでふっくらとした食感で、香ばしい芥子の実がよいアクセントになっている。

「松風ってたしか、和菓子の名前でしたよね？」

「京都の伝統菓子だな。あれも芥子の実をまぶしてつくる。松風焼きはその和菓子を模した料理なんだよ」

そんな話をしながら、大樹と碧は続けて伊達巻きの調理にとりかかった。

「子どものころは好きだったんですけど、いまはちょっと苦手なんですよね……」

「甘いから？」

碧はこくりとうなずいた。卵と白身魚のすり身を混ぜ、蜂蜜《はちみつ》やみりんを加えて仕上げる伊達巻きは、彼女の舌には甘すぎて、好んで食べたくはないらしい。

そういえば、碧は甘い玉子焼きを苦手としていた。それなら別の卵料理にしようかと提案すると、「父は好きなのでつくります」と即答される。彼女がおせちをつくろうと決めたのは、父親に食べてもらいたいからでもあったのだ。

「うちの父、わたしがおせちを手づくりするねって言ったら、すごく嬉しそうにしていたんです。だからできるだけ父の好みを取り入れたくて」

（そういうことなら、タマもおいしく食べられるようにアレンジするか）

冷蔵庫から卵のパックをとり出した大樹は、二種類の伊達巻きをつくることにした。

碧の父親には、従来通りの甘いもの。そして碧のために、砂糖を入れずにクリームチーズを加えた、甘くない伊達巻きのレシピを教える。これならお互いに好みの味を楽しむことができるから、我慢して苦手なものを食べる必要はない。

「ほら」

大樹は巻きすで形をととのえ、切り分けたチーズ伊達巻きを碧の口元に持っていく。遠慮なく頬張った彼女は、ややあって幸せそうに顔をほころばせた。

「卵がふわふわ……。甘くないから食べやすいです」

「洋風だけど意外といけるだろ。これはワインに合いそうだ」

並行してつくっていた煮物ができあがれば、いよいよ盛り付けだ。帰宅してから詰めるという碧のために、大樹が手持ちの重箱で実演してみせる。

「一の重には祝い肴と口取り——栗きんとんみたいな甘いものを詰める。二の重には煮物だな。あとは彩《いろど》りやバランスを考えながら振り分けていくんだ。品数はご祝儀とかと同じで、奇数で縁起をかつぐから、それも頭の中に入れておくといい」

「わかりました」

ところどころで小さな器《うつわ》や仕切りを使い、料理を盛りこんでいく大樹の手つきを、碧は真剣な表情で見つめている。やがておせちが完成すると、彼女は興奮した様子でぱちぱちと拍手してくれた。

「お疲れさまでした！　すごくきれいです。食べるのがもったいないくらい」

「タマもあとでやるんだぞ」

「頑張ります。あ、写真撮ってもいいですか？」

参考資料にするのか、バッグの中からスマホをとり出した碧は、さまざまな角度から写真撮影を行う。いつの間にか日が暮れていて、台所も冷えこんでいたが、大仕事を終えた充実感が心を満たしていた。

それから数時間後。あたたかい年越し蕎麦をすすり、こたつでテレビを観ながらまったりしていた大樹と碧は、初詣に出かけることにした。コートをはおって外に出ると、ぴんとはりつめた空気を震わせて、除夜の鐘の音が聞こえてくる。

「途中にコンビニがありましたよね？　肉まんでも買おうかな」

「まだ食う気か」

「元気な証拠と言ってください」

にっこり笑った碧につられ、大樹の口元にも笑みが浮かぶ。出会ったばかりのころ、こんな未来を誰が想像しただろうか？

「さ、行きましょう！」

碧は自然な動作で、大樹の腕に自分のそれを絡ませた。

彼女のコートの袖口《そでぐち》から、誕生日にプレゼントしたペアウォッチがちらりと見える。大樹の手首でも、碧から贈られた腕時計が同じ時刻を刻んでいた。そんな些細《ささい》なことがとても嬉しく、自分に寄り添ってくれる彼女を、これからも大事にしたいと思う。

——願わくは来年も、彼女とこうして一緒にいられますように。

そんなことを祈りながら、大樹は碧と並んで歩きはじめた。


一月二日、二十二時過ぎ——


「……さん、お義父《とう》さん！　起きてください」

「んだよ、うるせぇな……」

控えめに肩を揺すられて、布団の上でうたた寝をしていた彰三は、悪態をつきながらまぶたを開いた。とたんに視界に飛びこんできたのは、どこのマフィアだと言いたくなるような、強面《こわもて》の男の顔。思わず「うおお！」と奇声をあげてしまう。

「年寄りをおどかすんじゃねえ、俊明《ジュンミン》！」

「すすす、すみません。そんなつもりは」

「……ったく、はずみでぽっくり逝《い》ったらどうしてくれる」

上半身を起こすと、枕元では正座をした若頭《わかがしら》……もとい娘婿《むすめむこ》の李《リー》俊明がしょんぼりと肩を落としていた。香港に在住する中国人だが流暢《りゅうちょう》な日本語を話すため、会話には困らない。身にまとっている白地の浴衣は彰三と同じデザインで、「風花館」という文字が染め抜かれていた。

「お義父さん、とても大きないびきをかいていましたね」

「俊明よ、おまえはいい奴だと思うが、一言多いのが玉に瑕《きず》だな」

年が明けて二日目。彰三は帰国した娘夫婦とともに、箱根にある老舗《しにせ》の温泉旅館に滞在していた。迎えてくれた女将は大樹の母親で、以前に何度か話したことがある。彼女は彰三のことを憶《おぼ》えており、久しぶりの再会をよろこんでいた。

俊明が遠慮がちに口を開く。

「鍵が開いていたので、勝手に入ってしまいました。時間になってもいらっしゃらないから、何かあったのではないかと心配で……」

首をかしげた彰三は、備え付けの時計に目をやった。そういえば、隣にある娘たちの部屋で一緒に夕食をとったあと、少し休んでから俊明と風呂に行こうと約束したのだ。自分の部屋に戻ると布団が敷いてあったので、これ幸いと横になり……。

(やべえ。またやっちまった)

頭をばりばりと掻《か》いた彰三は、俊明に向けて「すまん」と頭を下げた。

「うっかり寝過ごしちまったみたいだな。おまけに鍵もかけ忘れて」

「いえ。なんでもなくてよかったです」

俊明はおだやかに微笑んだ。任侠《にんきよう》張りの顔立ちとは裏腹に、あいかわらず人のよい義息子だ。外見にまどわされず彼を選んだ娘は、なかなか目が高いなと誇《ほこ》らしくなる。

「よし。目も覚めたことだし、あったまりに行こうかね」

立ち上がった彰三は、俊明が差し出してくれた茶羽織《ちやばおり》に袖を通した。タオルと着替えを手にして客室を出る。

正月だけあって館内には宿泊客が多く、家族連れと思《おぼ》しき人々の姿が目立つ。玄関にはみごとな門松や注連《しめ》飾りがとりつけられており、ロビーには引退した大女将が手がけたという華やかな生け花が、立派な花器とともに飾られていた。二階にある客室からは旅館自慢の日本庭園を見下ろせて、四季の移ろいを間近で楽しむことができる。

「風流だねえ……」

優雅な琴の音色が流れるロビーを抜けると、大浴場につながる通路の途中に土産《みやげ》物屋があった。興味を惹かれてのぞいてみると、旅館のオリジナルだという饅頭《まんじゆう》を筆頭に、煎《せん》餅《べい》や洋風の焼き菓子、漬物に地酒といった食品が販売されている。ほかにも伝統工芸品の寄せ木細工を使った小物などの品々も置いてあった。

「あとで土産を買わないとな。いつもの麻雀《マージャン》仲間だろ。それから『ゆきうさぎ』の常連仲間と、スナックのママ。あとは老人会の……」

「たくさんお仲間がいらっしゃるんですね」

「おれの顔の広さは町内一だからな」

そんな話をしていると、すぐ近くで誰かの会話が聞こえてきた。

「あのさあ、いつまで悩んでるの？　さっさと決めてよ」

「うーん……どうしよう。つぶあんもおいしかったけど、くるみ入りも捨てがたい」

「選べないならどっちも買えば」

「でも、両方食べたら太っちゃう」

「自分用かよ！」

視線を向けた先には、高校生くらいの少女と、小学校の六年生か中学一年生ほどに見える少年が並んで立っていた。顔の造作がなんとなく似ているから、姉と弟なのだろう。彰三たちと同じ浴衣に茶羽織姿の少女は、両手にひとつずつ饅頭の箱を持っている。一方の少年はすでに買い物を終えていて、白いビニール袋を提げていた。

「りっくんは何を買ったの？　お菓子？」

「なんだっていいだろ。っていうか姉ちゃんの頭には食い物のことしかないのかよ」

「意地悪。教えてくれてもいいのに」

つれない弟の態度に、少女が拗《す》ねて頰をふくらませたときだった。

「おーい、サラ！　リクも一緒か」

「あ、おじさま」

「長風呂すぎない？　待ちくたびれたんだけど」

「サウナに入ってたんだよ」

姉弟《きょうだい》のもとに近づいてきたのは、首にタオルをかけた四十代ほどの男だった。父親かと思ったが、少女はそう呼んではいなかったので違うかもしれない。待ち人があらわれたことで心を決めたのか、少女はくるみ入りの饅頭を選び、レジに持っていく。

「すみません、騒がしくて」

男に声をかけられた彰三は、「いやいや」と笑顔で返す。

「楽しそうで何よりだ。家族で来たのかい？」

「あのふたりは姪《めい》と甥《おい》なんですよ。兄夫婦が忙しくて、子どもたちをなかなか旅行に連れて行ってやれないって言うものですから、俺が代わりに」

「ほほう、感心な叔父さんだ。きっといい思い出になるだろうさ」

「だといいんですけど。姪はマイペースだし、甥は生意気で手を焼いてます」

苦笑した男は、レジで会計をする少女を見つめた。その目には、姪や甥に対するたしかな愛情がにじみ出ている。

「お待たせしましたー。おまけのお菓子もらっちゃった」

少女がほくほく顔で戻ってくると、男は彰三に会釈《えしゃく》をして、姉弟をともないその場を離れた。マイペースだの生意気だのとぼやいていたが、姪っ子たちが彼になついていることは明らかだ。そうでなければいくら血縁とはいえ、思春期の子どもたちが叔父と旅行したいとは思わないだろうから。

「お義父さん、これはかなりの美味《びみ》ですよ」

のん気な声にふり向くと、俊明がくるみ入り饅頭の試食品を味見している。

彰三も彼に倣《なら》い、透明な容器に入っていたかけらをつまんで口に放りこんだ。黒糖入りのもっちりとした皮に包まれていたのは、口どけのよい白味噌あん。上品な甘さのあんこの中には、香ばしくローストされたくるみがたっぷり混ぜこまれている。

「部屋に置いてあったのはつぶあんだったか。あれもいいけどこっちも美味いな」

「でしょう」

この饅頭の製法を考案した板長は、大樹に和食の神髄《しんずい》を教えた人物だと聞いた。これが旅館で一番人気の土産だというのもうなずける。チェックアウトの前に何箱か買っていこうと決めた彰三は、店を出て大浴場へと足を運んだ。

男湯と書いてある暖簾をくぐり、引き戸を開けた俊明が言う。

「よかった。さっきよりもだいぶ空いていますね」

「もう十一時近いからな」

十六時ごろに入浴したときは、脱衣所からすでに混み合っていた。しかしいまは数人がいるだけだ。スリッパを脱いで脱衣所に入った彰三は、備え付けのカゴの中にタオルと着替えを放りこんだ。機嫌よく鼻歌をうたいながら、浴衣の帯を解いていく。

「お義父さんはお先にどうぞ。僕はあとから……」

「まだ慣れないのかい」

「すみません。お風呂は好きなんですけど、こればかりはなかなか」

「別にあやまることでもないがな」

外国人の俊明は、人前で素っ裸《すぱだか》になることに慣れていない。以前にスーパー銭湯に連れて行ったときも、さきほどの入浴時でも、腰にタオルを巻いてコソコソと洗い場にやって来た。さすがに湯船につかるときははずしていたが。

(まあ、しかたないか。そう簡単に異文化には馴染めねぇよな)

彰三は「ゆっくり来いや」と言ってから、大浴場の戸を引いた。とたんにもわっとした熱気に包まれる。手近な洗い場に近づいた彰三は、椅子《いす》の上にどっかりと腰を下ろし、洗面器に溜めたお湯を体にかけた。

（ああ、これだよ。生き返るねえ）

熱いお湯が、冷えた体をじんわりとあたためてくれる。手早く頭を洗い、石鹸《せっけん》を含ませたタオルで腕をこすっていたとき、背後に何者かの気配を感じた。

「お背中流しましょうか」

「おう、頼むよ」

泡だらけのタオルを渡すと、俊明は彰三の背中を優しくこすりはじめる。

「頭、もう洗い終えたんですか？」

「まあな」

「お義父さんは髪の毛が少ないから、すぐに洗い終わっていいですね」

「やかましいわ」

あいかわらず一言多い義息子だ。しかし不思議と腹を立てる気にはなれず、彰三は苦笑しながら泡だらけの背中をお湯で流した。続けて恐縮する俊明を椅子に座らせ、今度は自分が彼の背中を洗いはじめる。俊明は彰三よりもかなり背が高く、体格もよい。背中も相応に広く、中年あたりから目立ってくる体のたるみもほとんどなかった。

「いつ見ても立派なガタイだねえ。うらやましいよ」

「でも最近、ちょっとお腹が出てきて……」

「四十過ぎたらもっとひどくなるぞー。いまのうちに筋力つけておけ」

「お義父さんは痩せていますよね。いつもたくさん召し上がるのに」

「おれは昔からそうなんだよ。太りにくい体質っていうのか。たまにいるみたいだぞ」

他愛のない話をしながら、彰三は俊明の背中にシャワーをかけた。

体を洗い終えて湯船に入ろうとしたとき、ガラスの窓から見える露天風呂が無人であることに気がついた。夕方は人が多くて断念したので、これ幸いと外に出る。とたんに冷気が肌を刺したが、すぐそこに温泉があるのだから些末なことだ。

空を見上げた俊明が、感嘆のため息をつく。

「冬だから空が澄んでいますね。ライトアップもきれいです」

「夜の露天風呂ははじめてか」

「ええ。雪が降っていたら、よりいっそうムードが出ますね」

「そうだな。雪をながめながら日本酒を一杯……っていうのもオツなものよ」

岩風呂につかると、体の芯からあたたかくなっていく。生き返ったような心地だ。

「は――……極楽極楽」

「気持ちいいですね。疲れが流れ出ていく感じです」

「腰痛にも効きそうだなぁ」

彰三がタオルを頭に載せると、それを見た俊明も素直に真似をする。相手は強面の中年男だというのに、そんなところは微笑ましい。

「飯は美味いし温泉も最高。連れてきてくれてありがとな」

「よろこんでいただけたなら嬉しいです」

「温泉旅行なんて何年ぶりになるのやら。死ぬまでにもう一回くらいは行きたいね」

気軽な世間話のつもりだったのに、俊明の顔が曇《くも》った。うつむいた彼はぽつりと言う。

「そんなこと言わないでくださいよ……」

「――」

意外な反応に驚いたと同時に、以前に娘から聞いた話を思い出した。

そういえば、俊明の父親は三カ月ほど前に亡くなったのだ。故人は中国に住んでいたから、自分は葬儀に行っていない。まだ七十歳ほどだったというが、重い病気をわずらい入退院を繰り返していたこともあり、前々から覚悟はしていたそうだ。

それでも血がつながった父親の死は、息子にとってはつらいことだろう。

義理の父となった彰三は、すでに八十を過ぎている。いまは元気でも、半年、一年が過ぎてもこの世にいられる保証はどこにもない。実父を喪《うしな》った俊明は、いつか義理の父とも別れなければならないことを恐れていた。

(親父《おやじ》さんを亡くしたばかりだから、つい悲観しちまうんだろうな)

だがそれは老人に限らず、生き物である以上、逃れられない宿命でもある。

若かろうが年老いていようが、いつ寿命が尽きるのかはわからない。だからこそ、いま生きているこの瞬間を大切にするべきなのだ。けれど日々の生活に追われてしまうと、そこまで考えられる余裕などあるはずもなく……。

視線をさまよわせていた彰三は、やがて肩をすくめた。うわべだけのなぐさめの言葉は無意味だし、えらそうな説教もしたくない。いまの自分に言えることは……。

「佳奈子《かなこ》が子どものころ、家族で何回か旅行したことがあるんだが」

小首をかしげる俊明にかまわず、彰三は話を続ける。

「温泉に入るとき、おれはいつもひとりなわけよ。暖簾の前で別れて、女房と佳奈子が楽しそうに女湯に入っていくのがうらやましかったなあ。まあ男湯に入ったら入ったで、その場にいる人と盛り上がることもあるけどさ。でもさすがに、赤の他人に背中まで流してもらうわけにはいかねえだろ」

「………」

「だからいま、こうして俊明と風呂に入れることが嬉しいんだよ。娘を持てたことだけでも幸運だったのに、この歳になって、義理とはいえ息子までできるとは」

俊明は彰三の言葉に感じ入ったかのように、自分の胸に手をあてた。

「僕もお義父さんと出会えたこと、神に感謝したいです」

「大げさだなぁ。でもまあ、もし迷惑でなかったら、また三人でどこかに行こうや」

次の瞬間、ざばんという水音とともに、俊明が勢いよく立ち上がった。

「迷惑だなんて……！　僕もお義父さんと旅行したいです。背中だっていくらでも流します。だからまた温泉に行きましょう！」

「おお、楽しみが増えたな。ところで俊明、隠さなくていいんかい。丸見えだぞ」

「うわ！　と、とんだ失礼を」

我に返った俊明は、あわてた様子でお湯の中に体を沈める。

こらえきれずに爆笑した彰三は、目尻ににじんだ涙を乱暴にぬぐいながら、次の旅先はどこにしようかと考えはじめたのだった。


「ねえ進さん、暇なら樋野神社にお参りに行きません？」

年が明けて四日目。畳敷きの居間に寝転がり、のんびりとテレビのお笑い番組を観ていたとき、妻の美沙《みさ》から誘われた。

夫婦で営んでいる八尾谷クリーニング店は、大晦日まで営業した。元日から今日までは正月休みをとっている。商店会の代表として企画した新年会も盛況に終わり、昨日は結婚して関西に引っ越した娘が、夫とふたりで挨拶《あいさつ》にやって来た。それも済んだいまは特にやることもなく、少々暇を持て余していたところだ。

むっくりと起き上がった進は、あくびを嚙《か》み殺しながら答えた。

「初詣か……。三が日も過ぎたし、そろそろ混雑もおさまったかな」

「そうね。お札も交換しないといけないんだから、はやめにご挨拶に行きましょう」

店舗の神棚には、樋野神社で毎年授けてもらう商売繁盛のお札を供えている。年のはじめに返納し、新しくするのが習慣だった。

身支度をととのえ玄関に行くと、すでに美沙が待っていた。年末に美容院で髪を染めてもらったおかげで、白髪は見当たらない。やはり髪の色が変わると垢抜《あかぬ》けるし、見た目も若々しくなる。今日は化粧のノリもいいようで、見るからにご機嫌だ。

「めかしこんでるね。すぐそこなのに」

「神様にご挨拶するんですもの。今年最初のお出かけだし、手抜きはしないわ」

Vネックのニットを着た彼女の鎖骨には、小さな珊瑚《さんご》の薔薇《ばら》が咲いている。結婚三十五周年の祝いに進が贈ったペンダントトップをチェーンに通し、ネックレスにしたのだ。

美沙はネックレスがことのほか気に入ったらしく、外出するときは必ず身に着けるようになった。そこまでよろこんでもらえたなら、贈り甲斐《がい》があったというもの。もちろん進も、妻からプレゼントされたシニアグラスを愛用している。

コートをはおった美沙が、三和土《たたき》に設置した踏み台を使って靴を履《は》く。手すりつきのそれは、妻にとっては必需品だ。数年前に事故に遭《あ》い、右足が思うように動かなくなってしまった美沙は、外出の際にも杖《つえ》が欠かせない。

『なんだか急におばあちゃんになっちゃったみたいだわ』

沈んでいた妻を元気づけたくて、進は柄《え》の部分がピンクの花柄《はながら》になった杖を選んで購入した。はじめて杖を見たときは『可愛《かわい》いけど、私みたいなおばさんが使ってもいいのかしら』と戸惑っていたが、結果的には気に入ったようだ。外出後、汚れた杖を大事そうに磨いている姿を見たときはほっとした。

靴を履き終えた進と美沙は、玄関のドアを開けて外に出た。

空は青く澄んでいたが、気温は低い。四日ともなると、商店街の店は九割方がシャッターを開けている。三軒隣の桜屋《さくらや》洋菓子店や、その向かいにある「ゆきうさぎ」も、今日から営業をはじめていた。

「せっかくだから、帰りにどこかで甘いものでも食べようか」

「いいわね。そういえば、十一月ごろ神社の近くに新しいカフェがオープンしたって、桜屋の奥さんから聞いたのよ。日本茶にこだわった和風カフェだったかしら」

「へえ、気になるね。桜屋さんのライバルになるのかな」

「あちらは洋菓子店だから、あまり影響はないんじゃない？　それにいまの桜屋さんならそう簡単に常連さんが離れることはないと思うわよ。だから心置きなく行きましょう」

「現金だなあ」

「近所に新しいお店ができたら、一度は試してみたいじゃない」

甘いもの好きの美沙が目を輝かせる。くだんのカフェは商店会の所属ではないので、詳しい情報が入ってこない。この機に偵察してみるのもいいだろう。

三が日を過ぎても、まだ正月の空気は残っている。門松はあまり見ないが、注連飾りをつけている家は多かった。初詣の帰りなのか、破魔矢《はまや》を手にした人ともすれ違う。やがて神社に到着すると、鳥居の向こうにぽつぽつと参拝者が見えた。

「この時間だとあんまり混んでいないのね」

「四時過ぎに来る人は少ないさ」

三が日は屋台が出てにぎわう境内《けいだい》は、すでに普段の静けさをとり戻している。いまは幹と枝だけしかない梅の木も、来月になれば可憐《かれん》な花を咲かせることだろう。

進と美沙は手水舎《ちょうずや》に寄って心身を清めてから、奥の拝殿に向かった。

「あ、しまった。十円玉が足りない。美沙持ってないか」

「もう。どうして行く前に確認しなかったの」

自分の財布を開けた美沙は、不足分の二十円を負担してくれた。これで「始終ご縁がありますように」の四十五円がそろう。

神前まで進むと、まずはお賽銭《さいせん》を箱に入れ、軽く会釈してから鈴を鳴らした。それから二回のお辞儀と二回の柏手《かしわで》、最後に大きく一礼すれば終了だ。願うのはいつだって、家族の健康と商売繁盛。つつがなく一年を過ごせたことに感謝して、新年の祈りをささげるとすがすがしい気分に包まれる。

「美沙は何をお願いしたんだ？」

「いつもと同じよ。今年も家族全員、元気に過ごせますようにって」

参拝を終えてから、進と美沙はお札を授けてもらうために社務所に行った。お札が授受される場所にはひとりの先客が立っており、気配を察してふり返る。

「あれ、会長。美沙さんも」

「大ちゃんもお札の交換かい？」

「ええ。仕込みは零一さんがやってくれているので」

小料理屋「ゆきうさぎ」の若き店主は、そう答えて微笑んだ。

彼の叔父である零一が料理人として加わってから、はやいもので五カ月。ふたりの間には店舗の土地をめぐって軋轢《あつれき》があったと聞くが、和解したのちは協力して店を盛り立てているようだ。料理人としての経験値は零一のほうがはるかに上だが、それを笠に着ることはなく、店主の大樹を立ててその方針に従っている。

彼らに共通しているのは、「ゆきうさぎ」をこれからも存続させるという思い。大樹の祖母であり、零一の母である先代女将が遺《のこ》した店を愛する気持ちが、ふたりを結びつけている。彼らは今後も力を合わせ、店を守っていくのだろう。

「美沙さんとは今年はじめてお会いしますね。明けましておめでとうございます」

「あらあら、ご丁寧にどうも。おめでとうございます」

礼儀正しく頭を下げた大樹に合わせ、美沙も丁寧にお辞儀をする。進は一昨日の新年会で会っているので、そこで挨拶を済ませていた。

「新年会では世話になったね。大ちゃんが差し入れてくれた酒、おいしかったよ」

「実家からお歳暮《せいぼ》として送られてきた地酒なんですよ。何を思ったのか十本セットで。俺と零一さんだけじゃ飲み切れそうになかったので、みなさんにお裾分《すそわ》けを」

「酔っぱらい連中の介抱もしてくれただろう」

「ああ、お気になさらず。そこは職業上、慣れてますから」

大樹はさらりと言って笑う。あいかわらず嫌味のかけらもない、さわやかな青年だ。

「すみません。こちらの方にも同じお札を」

「かしこまりました」

大樹に声をかけられて、アルバイトと思しき若い巫女《みこ》が動き出す。

樋野神社は商売繁盛のご利益があるとされている。そのため商店街の店主たちは、ここでお札を授けてもらったり、祈禱《きとう》を申しこんだりするのだ。初穂《はつほ》料をおさめてお札を授与された進は、大樹と一緒に納所に行き、古いお札を返納した。

「よし、これでやるべきことは終わったな」

「大樹さんはお店に戻られるの？」

「はい。仕込みがあるので」

進と美沙に会釈をして、大樹はひとりその場を離れた。姿勢がよい彼は、歩き方にも品がある。ほれぼれしながら見送っていると、美沙が話しかけてきた。

「進さん、今日の夕飯は『ゆきうさぎ』でいただきましょうよ」

「奇遇だな。実は僕もいま、同じことを考えていてね」

「ふふ。気が合うこと」

参拝後に足を運んだ和風カフェは、残念ながら定休日で閉まっていた。「ゆきうさぎ」の開店時刻にもまだはやかったので、いったん自宅に戻ることにする。大通りから裏道に入り、店舗とつながっている自宅が見えてきたとき、進は「ん?」と目をすがめた。

道路に一台の小型トラックが停まっている。八尾谷家のインターホンを鳴らしているのは、宅配業者の制服をまとった顔見知りの配達員だ。近づいていく進と美沙の姿に気づいた彼は、かぶっていた帽子を脱いで会釈した。

「どうも。お荷物をお届けに上がりました」

「新年早々、ご苦労さま。ちょうど帰ってきたときでよかった」

「印鑑かサインをお願いします」

玄関のドアを開けた進は、靴箱の上に置いておいた印鑑をとった。配達員から差し出された伝票に押印し、発泡スチロールでできた箱を受けとる。

「おお、冷たいな」

「冷凍便なので。ありがとうございました」

配達員が乗りこんだトラックが去っていくと、進は箱の上部に貼りつけてあった送り状に目を落とした。差出人の欄には息子の名前が記されている。十年ほど前、大学の卒業と同時にこの家を出てからは、ほとんど顔を合わせていない相手だった。

「あの子が何か送ってくるなんて、めずらしいこともあるものね」

差出人を告げると、美沙も驚いたように目を丸くする。

娘とは定期的に連絡をとり合っているが、息子からは年に一度、簡単な近況報告を記した年賀状が届くだけ。今年もそうだった。特に険悪な仲というわけでもないのだが、息子と結婚した女性がこちらと交流したがらないこともあって、疎遠の状態が続いている。

息子とはいえ、成人して自分の家庭を持ったのだから、親がいつまでも干渉する必要はない。そう思って静観しているのだけれど……。

家に上がった進は、ダイニングテーブルの上に置いた箱を開封した。

蓋《ふた》を開けると、箱の中には立派な殻《から》がついた帆立貝《ほたてがい》がぎっしりと詰めこまれていた。その数、二十枚はあるだろうか。産地から直送されたらしく、鮮度はよさそうだが、美沙とふたりで食べるにはいささか……いやかなり量が多い。

(なんだっていきなりこんなものを？　お歳暮にしては遅すぎるし)

首をひねっていると、ビニール袋に包まれていた手紙を読んだ美沙が教えてくれる。

「あの子、いま家族で東北に旅行中なんですって」

「じゃあこれはお土産ということかな」

「みたいね。現地で食べたらおいしかったから送るって」

息子はこれまで、お土産など送ってきたことがなかった。よほど帆立貝が気に入ったのだろう。めったに会わない両親にも食べてもらいたいと思うほどに。

「うーむ。気持ちはありがたいが、事前に電話がほしかったなあ。ナマモノだし」

「そうねえ。あとで私からお礼がてらに連絡しておくわ」

苦笑した美沙が、手紙を見せてくれた。息子は昔から愛想《あいそ》があまりなかったが、文章もあいかわらずそっけない。それでも旅先でおいしいものを食べたとき、自分たちのことを思い出してくれたのは嬉しかった。

「でも、さすがに二十枚は多いわね。ご近所にお裾分けでもしましょうか」

「お裾分け……」

その言葉を聞いたとき、進の脳裏《のうり》にひとりの青年の顔が浮かび上がった。


「おーい大ちゃん、もう帰っているかね」

小料理屋「ゆきうさぎ」の格子戸を開けると、簡易厨房で零一とともに仕込みをしていた大樹が驚いたように顔を上げた。

「会長、どうかしました?」

「準備中に押しかけて悪いね。大ちゃんに渡したいものがあるんだ」

店内に入った進は、手にしていた透明のビニール袋をかかげた。中にはさきほど息子から送られてきた殻付きの帆立貝が六枚入っている。大樹は新年会のとき、実家から届いたという地酒を分けてくれたので、そのお返しをしたかったのだ。

「いただいてもいいんですか？」

「妻とふたりじゃ食べきれそうになくて。あとは桜屋さんにもお裾分けしようかと」

「産地直送なんですか？　贅沢だな。ありがとうございます」

「これは塩焼きにすると美味いだろうな。バター焼きでもいい」

大樹が袋を受けとると、ひょいとのぞきこんできた零一が口を挟む。

裏の母屋では大樹と零一夫妻の三人が住んでいるから、六枚あれば足りるだろう。料理人がふたりもいれば、おいしく調理して食べてくれるはずだ。これ以上仕込みの邪魔をしたくはないので、すぐに帰ろうとしたとき、大樹に「会長」と呼びかけられる。

「いま、ちょっと時間あります？」

「大丈夫だけど……」

「実は、これから軽く腹ごしらえするつもりだったんです。せっかくだからこの帆立貝を焼きましょう。会長も召し上がっていってください」

進をカウンター席に座らせた大樹は、さっそく袋から帆立貝をとり出した。

「零一さん、ちょっと貝むきとってもらえます？　そこの引き出しの三段目」

「おうよ」

専用のナイフを握り、大樹は慣れた手つきで帆立貝をさばいていった。

まずは閉じた殻にナイフを差しこんで開いてから、貝柱をとりまく貝ひもと肝《きも》をとりはずす。そして殻にくっついている貝柱を切り離していった。あっという間に三枚をさばき終えた大樹は、はずした身の黒い部分をよけ、食べやすい大きさに切り分けていく。

「黒いのは肝です。毒素があるので食べないほうがいいですね。ほかは大丈夫ですよ」

「わかった。妻にも教えておこう」

下ごしらえが終わった帆立の身は、殻の中に戻して醬油を垂らし、バターを多めに載せた。殻ごと焼き網に載せて直火にかける。やがて鼻腔《びこう》をくすぐったのは、帆立が放つ磯《いそ》の匂いに、とろけたバターと醬油が溶け合う濃厚な香り。それまではさほど腹が減っているわけでもなかったのに、進は強烈な空腹を覚えた。

貝柱と貝ひもにじゅうぶんな火が通ったところで、大樹は焼き網をコンロから下ろした。仕上げに刻んだ三つ葉を添えて、進の前に出す。

「お待たせしました。どうぞ」

焦げ目がついた殻に、湯気の立つ帆立の身。「いただきます」と言った進は、期待に胸を躍《おど》らせながら箸《はし》をとった。切り分けられた身のひとつを口に運ぶ。

「おお……」

新鮮な殻付き帆立は、スーパーで売っているパック詰めのものよりも貝柱が大きく、食べごたえは抜群だ。熱々の貝柱は肉厚で、弾力も申し分ない。味付けはシンプルだったがそのおかげで素材の旨味《うまみ》が引き立っている。

何よりも、バターと醤油がタッグを組んだときの悪魔的な魅力ときたら。最初にこの組み合わせを考えた人は、間違いなく天才だ。

カウンターの内側では、大樹と零一が立ったまま帆立をつまんでいる。

「これは美味いな。やっぱり産地直送は違う」

「ビールがほしくなる味だなぁ。一杯くらいなら飲んでもいいか？」

「ダメです。もうすぐ開店なんですからね」

あらゆる食材の品質を見極め、肥えた舌を持つ料理人である彼らも、息子からの贈り物を気に入ってくれたようだ。自分の手柄でもないのに、誇らしい気持ちになる。

「会長、素晴らしいお裾分けをありがとうございました。息子さんによろしく伝えておいてください」

「わかったよ。今回は妻じゃなくて、久しぶりに僕から連絡してみようかな」

進がそう言ったとき、格子戸が開いた。花柄の杖をついた美沙が顔をのぞかせる。

「ああ、やっぱりここにいたのね。帰りが遅いから何をしているのかと思えば」

「ちょうどよかった。美沙さんもいかがですか？」

大樹が帆立貝をかかげると、彼女は目をぱちくりとさせた。カウンターの上に置いてあるバター醤油焼きに気づいたとたん、進を軽くねめつける。

「進さんったら。抜け駆けしておいしいものを食べていたのね」

「いやその、これは成り行きで……。ほら、美沙にもつくってくれるそうだよ」

「あら、いいの？　大樹さんたちに差し上げたものなのに」

「気にしないでください。そのあとは夕食を頼んでいただけるんでしょう？」

大樹の言葉に、美沙は楽しそうに「商売上手ね」と笑った。彼女が進の隣に腰を下ろしたとき、壁の時計が十八時を示す。零一が暖簾を吊り下げると夜の営業がはじまり、進と美沙はそのまま最初のお客となったのだった。


二冊の雑誌を手にしてレジに行くと、会計待ちのお客がずらりと列をつくっていた。

（混んでるなー。夕方だしな）

最後尾に並んだ花嶋は、ぼんやりしながら自分の番が来るのを待つ。

年が明けて十日も経てば、さすがに正月気分のままではいられない。束の間の休みが終わって会社がはじまり、花嶋もいつものようにスーツをまとって出社した。今日は思っていたよりもはやく退勤できたので、駅ビル内の書店に寄ったのだ。

「お次にお待ちのお客様、こちらにどうぞー」

しばらくすると、ようやく自分の番が来た。花嶋はレジカウンターの最奥で片手を上げている店員のもとに近づき、ふいに「あ」と声をあげる。

「ミケちゃん？」

「花嶋さんでしたか！　ご無沙汰《ぶさた》してます」

カウンターを挟んだ向かいに立っていたのは、書店のエプロンをつけたミケこと三ケ田《みかた》菜穂《なほ》だった。一年前まで「ゆきうさぎ」でバイトをしていた彼女は、現在はこの書店の契約社員となり、フルタイムで働いていると聞いた。あまりレジ業務はしないのか、会計時に鉢合わせたことはなかったのだが……。

「お仕事の帰りですか？」

「うん。定時で上がれたから寄ったんだよ」

雑誌を手渡した花嶋は、少し遅れて気がついた。いま買おうとしているのは――

一冊は、自分の趣味である野球関連の雑誌。そしてもう一冊は、四十代の男にはおよそ似つかわしくない、十代の女性をターゲットにしたファッション誌だった。ポップな書体のロゴに、ピンク色の背景。若い少女のモデルが華々しく表紙を飾り、「読モおすすめ冬コーデ」なる大きな見出しが躍っている。

（いやいや、俺の趣味じゃないから！　これはその、娘が！）

声を大にして言いたかったが、下手にあたふたするのも恥ずかしい。

全力で平静を装っていると、菜穂は何事もなかったかのように雑誌を裏返し、バーコードをスキャンした。みごとな完全スルーである。もっともお客がどんな本を買おうと自由だし、店員としてはいちいち気にするようなことでもないのだろう。

合計金額を告げられて、花嶋はぎこちない動きで紙幣を出した。返ってきたお釣りを財布にねじこみ、雑誌が入った袋を受けとる。

「ありがとうございました」

にっこり笑う菜穂に精一杯の笑顔を返し、花嶋はそそくさとその場を離れた。少し進んでからふり向くと、彼女はすでに次のお客の相手をしている。ほっと息をつくと、ようやく気持ちが落ち着いた。背筋を伸ばして店を出る。

フロア内には数か所に休憩用のベンチが置かれている。その中でも特に目立たない場所にあるベンチを知っていたので、そちらに移動した。予想通り、ベンチには誰も座っていないし、人通りもない。ここなら大丈夫だろう。

ベンチに腰を下ろした花嶋は、書店の袋からファッション誌を引っぱり出した。膝《ひざ》の上に載せてぱらぱらとめくっていくと、目当てのページにたどり着く。

(おお！　今回は大きく載ってるじゃないか)

嬉しくなって、ついにんまりしてしまう。傍から見れば不審なことこの上ないが、幸いにも周囲は無人だ。

洒落《しゃれ》た服を身に着けて、笑顔でポーズをとっているのは、長女の実柚《みゆ》だった。

高校一年生の娘は、都立の学校に通いながら芸能活動も並行している。スカウトしてくれた小さな事務所に所属して、ティーン向け雑誌のモデルをはじめ、ドラマや映画の端役《はやく》といった仕事にも取り組んでいた。

仕事で得る報酬は、一般的な高校生のバイトよりもかなり多い。報酬は娘名義の口座に振りこんでもらい、預金は自分と妻で管理していた。若いうちから金銭感覚をくるわせたくなかったので、実柚には高校生としては平均的な額の小遣いを渡し、その中でやりくりさせている。娘が高校を卒業したら、通帳とカードを渡す予定だ。

仕事をはじめたばかりのころは、ほんの小さなカットでも、雑誌に写真が載れば興奮しながら見せてくれた。しかし思春期に入り、父と娘の交流が減ってからは、仕事についてほとんど話さなくなってしまった。

母娘《ははこ》の仲は良好だったため、花嶋は妻からこっそり情報を得て、実柚の写真が掲載された雑誌を買った。このごろは父親に対する嫌悪感が薄れてきたのか、自分が出演するドラマを教えてくれるし、芝居の招待チケットをもらうこともある。

『モデルのお仕事も楽しいけど、わたし高校を卒業したら本格的に演技の勉強をしてみたいな。将来は舞台でお芝居ができるようになれたらいいなって思う』

可愛い服が着たいという、子どもじみたモデルへのあこがれから脱却し、将来について真剣に考えることができるようになったのは感慨《かんがい》深い。だからこそ、昔のように無邪気に慕われることは、おそらくもうないのだろう。

（でも、子どもは巣立つものだしなぁ。実柚だっていつかは……）

考えれば考えるほどさびしくなってきた。これではいかんと首をふった花嶋は、雑誌を袋の中に戻して立ち上がる。景気づけのために「ゆきうさぎ」で飲もうと決め、エスカレーターを下っていく。

建物を出て商店街に向かおうとしたときだった。

「ん？」

ロータリーにあるコンビニの前に立つ、背の高い女子高生。ぐるぐる巻きにしたマフラーで顔の半分近くが隠れているが、実柚に間違いない。外は冷えるというのに、娘はその場から動こうとはせず、うつむいてスマホを操作している。

いつまでもそんなところに突っ立っていて、風邪でもひいたらどうするのだ。

（そうだ。せっかくだから実柚も『ゆきうさぎ』に連れていこうか）

少し前に大樹から聞いた話だと、娘は何度かあの店で食事をしたことがあるそうだ。いずれも自分がいないときだったから知らなかった。「ゆきうさぎ」は常連にとっては居心地のよい場所だが、一見客や若者から見れば入りにくい店構えだ。高校生で小料理屋通いができるとは、わが娘ながらなかなか度胸が据《す》わっている。

（実柚が成人したら、あの店で一緒に飲むこともできるかもしれない……）

夢が広がり、花嶋は微笑みながら娘のほうへと足を踏み出した――まさにそのとき。

「んん？」

花嶋は思わず立ち止まった。反対側の道から駆けてきたひとりの少年が、実柚に声をかけたのだ。顔を上げた娘はスマホをコートのポケットにしまい、少し不機嫌そうな表情で返事をする。遅い、という言葉が聞こえたような気がした。

両手を合わせてあやまり倒している少年は、年齢も身長も実柚と同じくらい。私立の高校と思しきカバンを持っているから、同じ学校の生徒というわけではなさそうだ。

(待てよ。あの少年、どこかで見たことがあるような……?)

花嶋の視線に気づくことなく、実柚はこちらに背を向けた。少年と肩を並べて歩きはじめる。ふとした拍子に見えた横顔は楽しげで、さきほどの不機嫌が嘘《うそ》のようだ。それは決して父親である自分には見せないであろう表情で――

結局、ふたりがすぐそばのファミレスに入っていくまで、花嶋はその場から一歩も動くことができなかった。


「――ということがあったんだよ……」

つらつらと語り終えた花嶋が、うさぎ模様のお猪口《ちょこ》を手にとった。中に入った純米酒を一気に飲み干したところで、徳利《とっくり》を持った碧がお代わりをそそいでいく。

「どうぞ」

「ありがとう。まあ俺が言うのもなんだけど、うちの娘は美人で頑張り屋だから、彼氏のひとりやふたりや三人くらいはいてもぜんぜんおかしくないんだけどね? 碧ちゃんもそう思わない？」

「彼氏はひとりでいいですけど……実柚ちゃんはとても可愛いし、努力家ですよね」

「だろう！　けどさ、そういう相手をつくるのはまだはやいんじゃないかな。だってまだ高一だよ？　学生の本分は勉強じゃないか。碧ちゃんもそう思わない？」

「そ、そうですねえ。でもその、まだ彼氏だと確定したわけじゃないし……」

（花嶋さん、今夜はちょっとご乱心……）

いつもより酔いが回っているようで、花嶋は「ゆきうさぎ」のカウンター席でひとり管《くだ》を巻いている。今夜はあいにく彼が親しくしている常連仲間がいないので、代わりに碧が仕事の合間に話を聞いていた。

「相手の少年の顔に、なぜか既視感があったんだ。思い返してみたら、先月に劇場で見たんだよ。実柚が出演した芝居なんだけどね。公演後に控室に行こうとしたら、途中の廊下でその少年が実柚と仲よさげに話してたわけ。実柚が招待したんだろうなぁ」

（花嶋さんが言う少年って、たぶん『ナオくん』のことだよね）

熱燗《あつかん》のお代わりを頼まれた碧は、沸騰《ふっとう》させたお湯が入った鍋で、徳利をあたためながら考える。たしか近所に住んでいる幼なじみで、小中学校の同級生だったと思う。碧が彼と会ったのは一年近く前だが、顔はなんとなく憶えていた。

当時の実柚は大樹のことが気になっていたようだけれど、「ナオくん」とも仲がよさそうだった。あれからいくつかの季節が過ぎたいま、その関係に変化はあったのだろうか。別の高校に通いながらも交流を続けているのだから、親密ではありそうだ。

「親にとっては未熟な子どもに見えても、高校生にもなれば世界は広がる」

口を開いたのは、それまで黙って話を聞いていた零一だった。

「大人とはいえないが、その年齢になればもう、親の庇護下《ひごか》でエサを待つだけの雛《ひな》じゃなくなるさ。芸能活動をしてるなら、同年代の子たちよりも成熟がはやいだろうし。道理に反することでもしない限りは、黙って見守るのが最善じゃないかね」

「変に干渉するなってことですか」

「自分の娘を信じてやれ。それが自立への第一歩だ」

「なるほど……」

感じ入ったような表情で、花嶋がつぶやいた。碧はすぐ近くにいた大樹と顔を見合わせて、微笑みをかわす。娘をひとり育てあげ、自分のもとから無事に巣立たせた零一の言葉には、経験者としてのたしかな重みがあった。こればかりは、まだ若い大樹が口にしても軽々しく聞こえるだけだろう。

「いつまでも拗ねた顔をしなさんな。美味いものでも食べて気分転換するといい」

明るく言った零一に、大樹と碧も加勢する。

「和風シチューなんてどうですか？　零一さんが考案した新メニューなんですけど」

「わたし試食しましたよ。おいしくて体もポカポカです！」

「ふうん。それじゃお願いしようかな」

花嶋が注文すると、さっそく零一が鍋に入ったシチューをあたためはじめた。

零一が料理人として働き出してから、大樹は洋風のメニューもお品書きに加えるようになった。小料理屋というと、やはり和食のイメージが強い。しかし大樹はその固定概念にとらわれず、自分がおいしいと思った料理は、和風だろうと洋風だろうと積極的にとり入れたいと言ったのだ。

『大樹の気持ちはありがたいが、洋食ばっかり増やすわけにもいかんだろう。雰囲気を壊さないように、うまく和の食材と融合させたいな』

今回のシチューも、そんな零一の気遣いから生まれたメニューだった。

熱伝導に優れた琺瑯《ホーロー》製の鍋の中では、大きめに切り分けた根菜にブロッコリー、キノコや鶏モモ肉がたっぷり入ったシチューがぐつぐつと煮込まれている。見た目はごく普通のホワイトシチューだが、牛乳の代わりに無調整の豆乳を使い、小麦粉ではなく米粉でとろみをつけていた。米粉はダマになりにくいので失敗が少ないそうだ。

「お待たせしました。熱々ですよー」

碧が器をカウンターの上に置くと、花嶋は嬉しそうにスプーンを握った。白い湯気の立つシチューをすくって頬張り、じっくりと味わうように目を閉じる。

「はー……美味い。これは豆乳かな。そのわりにはコクがあるね」

「白味噌とオリーブオイルが隠し味なんだそうです。野菜もとれて栄養満点！」

「いいねえ。こう、体の中心からあったかくなる感じだよ」

おだやかに言った花嶋は、夢中になってシチューを平らげていく。やがて器を空にした彼は、憑《つ》き物が落ちたかのように満ち足りた表情になっていた。さらなる食欲が湧いてきたのか、近くにあったお品書きに手を伸ばす。どうやら気力も戻ったようだ。

丁寧につくられた料理はお腹を満たし、同時に心も元気にする。

白い暖簾をくぐればいつだって、おいしい食事とお酒が待っている。外は凍えるほどに寒くても、ひとたび足を踏み入れたら、「ゆきうさぎ」の中は春のようにあたたかい。

そんな空気に魅了された常連は、今日も格子の引き戸に手をかける。

「いらっしゃいませ」

寒さに身震いしながら入ってきた新客に、碧はとびきりの笑顔を向けた。

第2話　ビタースイート・ショコラ

その空間は、さながら宝石箱のようだった。

「うわぁ……きれい」

感嘆のため息をついた碧《あおい》は、ガラスの中で輝く甘い宝石たちをうっとりと見つめた。

磨きこまれたショーケースの中には、大小さまざまな箱におさめられた珠玉のチョコレートがお行儀よく並んでいる。

著名なショコラティエが手がけたという、香り高いヘーゼルナッツとピスタチオがふんだんに使われたプラリネや、キャラメル風味のガナッシュを丸めて、ココアパウダーをまぶしたトリュフ。ハートや星、動物をかたどったチョコは見ているだけでも楽しいし、良質なカカオ豆でつくられたブランデー入りのボンボンショコラは大人の味だ。

つややかなコーティングに色あざやかなプリント、金粉やナッツ、ドライフルーツなどで飾りつけられたショコラは、ひと粒ひと粒が芸術的に美しい。それらは各社が趣向を凝《こ》らした箱の中におさまって、見る者の目を楽しませている。

王室御用達のブランドが販売している、クラシックかつ豪華な限定ボックスはさすがの貫禄《かんろく》だし、遊び心のあるポップなイラストのパッケージも可愛《かわい》い。これだけたくさんの種類があると、目移りしてしまって選ぶだけでも大変だ。

季節は冬真っ盛りの、二月のはじめ。

この月最大のイベントであるバレンタインデーに向けて、お菓子業界では熾烈《しれつ》な商戦が繰り広げられている。洋菓子店はもちろん、スーパーやコンビニにも、きれいにラッピングされたチョコレートが並んでいた。百貨店では特設会場を設け、年に一度の祭典を盛り上げている。

碧が今日、足を運んだ都内の百貨店でも、催事場を使ってチョコレートの販売が行われていた。土曜の午後ということもあり、会場内は人でごった返している。真剣な目つきで商品を吟味《ぎんみ》する人もいれば、家族や友だち同士、カップルで来場し、楽しそうに選んでいる人たちもいた。

(これ、何日もつかな？　一日一個か二個にして、大事に食べていけば……)

碧の目を釘付けにしたのは、三段の引き出しがついたショコラセレクションだった。高級感がただよっていて、まるで貴婦人のジュエリーボックスのようだ。

もちろんそのような逸品が、お手頃価格で売られているはずもなく……。

(ひいっ！　一万超え！)

桁《けた》違いの値段に恐れおののいていると、笑顔の販売員に声をかけられる。

「こちらはギフト用に限らず、ご自分へのご褒美《ほうび》として購入されるお客様もいらっしゃいますよ」

「そ、そうなんですか」

自他ともに認める食いしん坊としては、やはり一度は口にしてみたい。あこがれはあるのだが、残念ながらいまの自分の財力では、手を出すのに躊躇《ちゅうちょ》してしまう。

「こういったボックスは毎年売っているんですか？」

「ショコラセレクション自体は、通年で取り扱っておりますよ。クリスマスやバレンタインには、内容とパッケージを替えた限定品を販売します。こちらがそうですね」

「わかりました。その、ちょっと考えます」

曖昧《あいまい》に笑った碧は、後ろ髪を引かれながらもその場を離れた。

いまは無理でも、来年は社会人になっている。そのときこそ自分が稼いだお金で、胸を張ってあのボックスを買うのだ。

未来への決意をみなぎらせながら、碧は人々の間を縫《ぬ》って催事場を出た。エスカレーターのほうへ向かおうとしたとき、休憩用に置かれていたソファタイプのベンチが視界に入る。三人掛けのそれは二台並んでいて、手前のベンチには幼稚園児くらいの子どもがふたりと、その面倒を見る母親らしき女性が座っていた。

そして奥のベンチに腰かけ、疲れたような表情を隠さずにいたのは……。

「都築《つづき》さん！」

碧が呼びかけるなり、彼――都築航《わたる》は驚いたように背筋を伸ばした。碧の姿に気がつくと、少しずれていた銀縁眼鏡のブリッジを押し上げる。見覚えのあるグレーのチェスターコートに黒いマフラー、細身のパンツといった、上品かつ大人の装いだ。

(雪村《ゆきむら》さんには似合わないだろうなー。こういうきちんとした格好は)

都築が座るベンチの上には、百貨店のロゴが入った大きな紙袋が置かれていた。

「お買い物ですか？」

「ええ」

歩み寄って話しかけると、都築は心なしか嬉《うれ》しそうに口角を上げた。

予備校で数学を教えている彼は、「ゆきうさぎ」の常連客でもある。碧がバイトに復帰してからは、月に二、三度はお店の中で顔を合わせていた。

大学の教育学部を出た都築は、碧と同じ志《こころざし》を持ち、同じ道を歩く先輩だ。就職活動で悩んでいたときは相談に乗ってくれたし、落ちこむ自分を心強い言葉ではげましてくれたこともあった。そんな彼の好意が自分に向けられていることには気づいていたが、特に何かを言われるようなこともなく、以前と変わらない関係が続いている。

「そういえば碧さん、発表会は無事に終わりましたか？」

「はい。その節はお世話になりました」

碧が深々と頭を下げると、都築は「それはよかった」と微笑《ほほえ》んだ。

十二月に提出した卒業論文が評価され、碧は年明けに担当教授から「ゼミの代表として発表会に出たまえ」と告げられた。それは限られた成績優秀者しか選ばれないため、天にものぼる気分になったのだが、大勢の学生や教授たちの前で、自分の研究成果を発表することに対しては緊張した。

書いたものをただ読み上げるだけではない。簡単とはいえ資料をつくり、質問にも答えなければならないのだ。準備期間も短く、焦っていた碧に手を差し伸べてくれたのが都築だった。話を聞いた彼は、資料のつくり方や要点のまとめ方、どんな質問がくるかを予想して、的確な助言をくれたのだ。

「都築さんのおかげで、当日は落ち着いて発表ができました。質問にもちゃんと答えられたし……。本当にありがとうございます」

「碧さんの努力の賜物《たまもの》ですよ。これでやるべきことはすべて終わりましたね」

都築が言う通り、発表会をもって大学四年間のカリキュラムは無事に修了した。必要な単位もそろい、あとは三月の卒業式を待つばかりだ。

「――ところでそれ、大きい袋ですね。何を買ったんですか？」

彼は自分の横に置いてある袋にちらりと目をやり、「枕です」と答えた。

「使っていたものがへたってきたから、新しいものを買おうと思って。ここの寝具売り場の品揃えがいいと、大西《おおにし》さ……職場の先輩に教えてもらったんです」

「気に入ったものがあってよかったですね。でもデパートの枕ってお値段もよさそう」

「たしかに安くはなかったですけど、品質に納得できたので。家電も寝具も、その値段に見合ったスペックを兼ね備えているなら買いますよ」

都築は満足そうに言った。

そういえば少し前、スマホを最新機種に買い替えたという彼は、それがいかに素晴らしい性能を持つかを長々と語っていた。普段はクールで落ち着いているけれど、家電や電子機器について話すとき、彼はやや饒舌《じょうぜつ》になる。

その日はいつもより強いお酒を飲んでいたから、少し酔ってしまったのだろう。専門用語を連発する都築の話は、理系の碧にはかろうじて理解できたのだが、大樹《だいき》や零一《れいいち》はついていけずにぽかんとしていた。彼はあまり表情を動かさないため、機嫌よくおしゃべりをする姿はめずらしくて、新鮮な驚きだった。

「あれ？　でも」

碧の頭の中に疑問符が浮かぶ。

「寝具売り場ってこの階じゃないですよね？　ひとつ下だったような」

「ええまあ。実はいま連れを待っていて——」

言葉を切った都築が、催事場のほうに目を向ける。

視線の先には、小走りでこちらに近づいてくる女性の姿があった。肩まで伸ばした黒髪に、日本人離れした白い肌。ダウンコートにデニムパンツを穿《は》いた女性は、都築の双子の姉である九重椿《ここのえつばき》だ。彼女も弟と同じく視力が悪いはずだが、今日は眼鏡ではなくコンタクトをつけているようだった。

やがてベンチまでやって来た彼女は、碧の存在に驚いて目を丸くする。

「あらら、誰かと思えば小料理屋の！　えっと、玉木《たまき》さんだったかな」

「はい。ご無沙汰《ぶさた》してます」

碧が会釈《えしやく》をすると、椿は「偶然ねー」と言って笑った。顔はそっくりな姉弟《きようだい》だが、感情表現は姉のほうがはるかに豊かだ。彼女と会うのは三回目で、三カ月ぶりくらいになるだろうか。それでも名前を憶《おぼ》えていてくれたのが嬉しかった。

姉弟の両親はふたりが子どものころに離婚しており、母親に引きとられた椿は、少し前まで名古屋に住んでいた。仕事の関係で東京本社に転勤し、現在は都内でひとり暮らしをしているそうだ。都築とは交流が途絶えていたと聞いていたが、再会後は連れ立って買い物に行けるくらいには復活したのだろう。

「今日はふたりでお出かけだったんですね」

「ちょうど予定が空いてたから。航の目的は枕だけど、私はこれ」

椿は軽く両手を持ち上げた。その手には、催事場で買ったと思《おぼ》しきチョコレートの紙袋やビニール袋が鈴なりになっている。

「わ、すごい！　たくさん買われたんですね」

「ネットで特集しているのを見て、これは行かねばと思ってね。こっちが母と名古屋の友だちにあげるもので、こっちは私が食べるぶん」

「自分用のほうが多いですねー」

「うふふ。だってあんなに種類があったら、いろいろ食べくらべてみたいじゃない」

椿はうっとりとした表情で戦利品を見つめる。碧も催事場の宝石たちにはさんざん誘惑されたので、その気持ちはよくわかった。

「玉木さんも買ったのね。チョコ」

「あ、はい。父に渡すものと、大学の友だちに」

碧は自分が手にしている袋に目を落とす。父には渋めに、抹茶やビターチョコレートを使ったトリュフの詰め合わせを。入学時からつき合いのあるふたりの友人には、フリーズドライの木苺《きいちご》やナッツを散りばめた、華やかなタブレットを購入した。

「で、こっちが自分で食べるものです」

「あはは、玉木さんも自分用のほうが多いんだ」

「ええもう、ここぞとばかりに。今月は金欠になりそうですけど、悔いはないですよ」

「買ったのはお父さんとお友だちだけ？　本命はいないの？」

「えっ⁉」

さらりと問いかけられて、鼓動が跳ね上がる。どうにか逃れたくて質問で返した。

「こ……九重さんはどうなんですか」

「えー、私？　いまはフリーだよ。年末に別れちゃった」

「す、すみません。プライベートなことを」

「いやいや。地元の人なんだけど、けっこう前からすれ違い気味だったしねえ。私の転勤が決定打になった感じ。私こそ困らせるようなこと訊《き》いちゃってごめんね」

椿はあっけらかんと笑った。未練はあまりなさそうだ。

ほっと息をついた碧は、さきほどの彼女の言葉について考える。

（本命かぁ……）

もちろん大樹のことは忘れていない。この百貨店に来たのも、彼に渡すプレゼントを見つけることが最大の目的だった。

これまで大樹にチョコレートをあげたことは、何度かある。というか彼と出会ってからは毎年渡していた。しかしそれはあくまで「バイト先の店主」に向けたものであり、日頃の感謝を伝える意味合いしかなかった。だからコンビニやスーパーで買ったちょっとしたお菓子を、軽い気持ちでプレゼントしていたけれど。

大樹ならきっと、たとえ小さな駄菓子がひとつだけでも、碧からの贈り物ならよろこんでくれるだろう。だからこそ、今年は特別なものをあげたかった。値段の問題ではないのだが、やはり以前のように適当なものは渡せない。そう思って百貨店まで足を運び、催事場を見て回ったが、これぞという品には出会えなかった。

(まだ日にちはあるし、ほかのお店も見てみよう)

「それじゃ、わたしはそろそろ失礼しますね」

姉弟が過ごす時間を邪魔してはならないと、碧は会釈をしてその場をあとにしようとした。しかし背中を向けた瞬間、「あの!」と声をかけられる。ふり向くと、立ち上がった都築が緊張した面持ちでこちらを見ていた。

「碧さん、このあとの予定は?」

「五時からバイトです。まだ時間があるので、いったん家に帰りますけど」

「だったらその、よかったら……」

言いかけた都築は、なぜか途中で口をつぐんでしまった。首をかしげていると、椿にぽんと肩を叩かれる。

「玉木さん、時間があるなら一緒にお茶でもどう?」

「え……」

「ひとつ下の階に喫茶店があるでしょ。実はこの前、会社の人にそこの割引券をもらったんだよね。季節のフルーツパフェが絶品らしいよ。それがなんと半額に!」

「半額……パフェ……!」

碧の両目が輝いた。動き回って小腹がすいたので、どこかで休憩しようと思っていたのだ。館内の喫茶店は値段が高くてあきらめていたのだが、割引券があるとは!

「よし、決まりね! じゃあさっそく行きましょう」

チョコレートの袋を弟に押しつけた椿は、親しげに碧の腕をとった。そのままエスカレーターに向かって歩き出す。荷物持ちを余儀なくされた都築は抗議の声をあげかけたものの、結局はおとなしく袋を持ち、姉のあとを追うのだった。


「あ、そろそろ出ないと」

喫茶店に入って一時間ほど経《た》ったころ、碧が腕時計に目を落とした。

彼女の腕時計が新しいものに替わったのは、たしか秋ごろだっただろうか。以前はミントグリーンのバンドだったが、いまはシックな焦げ茶色で、文字盤も大きめだ。就職の内定が出たと聞いたし、職場でも使えるようなものに買い替えたのだろう。

思わぬ急病で教員試験を受けられなかった碧は、夏から秋にかけて就職活動に明け暮れていた。なかなか決まらず落ちこんでいたこともあったが、めでたく私立の学校から内定をもらったそうだ。「ゆきうさぎ」に飲みに行った都築が、笑顔の彼女からその報告を受けたときは、まるで自分のことのように嬉しかった。

「九重さん、今日はありがとうございました。お代はここに」

立ち上がった碧は、財布の中から硬貨を数枚とり出した。テーブルの上に置く。

「パフェ、とってもおいしかったです。あれが半額だなんて得しちゃった」

「私こそいろいろ話せて楽しかったよ」

「お仕事が落ち着いたら、ぜひまた『ゆきうさぎ』にいらしてください。もちろん都築さんも。三月末まではバイトしていますので」

碧の言葉に、椿は「ああそっか」とうなずいた。

「玉木さん、もうすぐ社会人になるんだね」

「はい。バイトは辞めても、お客として通うつもりではありますよ」

「なるほど。四月からは飲み仲間になれるってわけか」

「九重さんはお酒強そう……。お手やわらかにお願いします」

碧は向かいに座る自分たちに会釈してから、荷物を手にして店を出た。

別れが名残惜しくて、都築は彼女の後ろ姿を視線で追う。偶然会えたのは嬉しかったが碧はほとんど椿と話しており、うまく会話に加わることができなかった。とはいえ姉がいなければ、一緒に喫茶店で過ごすことすらできなかったのだけれど。

(ふたりに気を遣わずに、もっと話しかければよかった……)

小さく肩を落としていると、空になったパフェグラスを下げるために店員が近づいてきた。隣でメニューを開いた椿が「すみません」と声をあげる。

「玉子サンドひとつください」

「かしこまりました」

「あとレモンティーのホットも。航も何か飲む?」

「いらない」

伝票に書き留めた店員が離れると、通路側のソファ席に座っていた都築は、おもむろに席を立った。無人になった向かい側に腰を下ろし、少しだけコーヒーが残っているカップを引き寄せる。椿はまだ居座るようなので移動したのだ。

「パフェのあとにサンドイッチかよ」

なんとなく悔しくなって、つい悪態をついてしまう。椿は能天気に答えた。

「だって食べたくなっちゃったんだもん。夕飯まで待てそうにないし」

ほんの数カ月前までは、姉とこうして買い物に行ったり、喫茶店で食事をしたりするなど夢にも思っていなかった。

祖母の葬儀以来、約十年ぶりに再会した椿は、これまでの穴を埋めるかのごとく自分とかかわろうとしてくる。一緒に暮らしていた母と離れ、友人もいない東京に移り住んだばかりで、不安だからでもあるのだろう。引っ越してきたばかりのころは、些細《ささい》なことで連絡が来て、ひとり暮らしのアドバイスを求められた。

最近は新しい生活にも慣れてきたのか、電話は減った。メッセージはあいかわらずどうでもいいような雑談ばかりだが、そんな気軽な会話ができるのは、きょうだいならではなのかもしれない。緊急性のないメッセージのやりとりに、果たして意味があるのかと疑問だったが、いまではそんなものはなくてもいいのだとわかってきた。

しばらくすると、店員が注文品を運んできた。ボリュームたっぷりの玉子サラダを挟んだサンドイッチをつかんだ椿が、「そうそう」と顔を上げる。

「追加分は航の奢《おご》りね」

「なんでそうなる」

「いや。奢りというより正当な報酬よね。だって」

にんまりと笑った椿は、眉間《みけん》にしわを寄せる都築に爆弾を落とした。

「私が玉木さんを誘ってあげたおかげで、航はあの子と楽しくお茶する時間を持てたわけだし?」

「!?」

その瞬間、都築は飲みかけのコーヒーを噴き出しそうになった。かろうじて醜態《しゅうたい》をさらすことは免《まぬか》れ、できる限り平静を装いながら、カップをソーサーの上に置く。そんな弟の様子を、椿は興味深げに観察していた。

「ここに来る前、玉木さんが帰ろうとしたときに何か言おうとしてたでしょ。あれ、本当は食事かお茶にでも誘いたかったんじゃないの?」

「……そんな事実はない」

「へーえ。そのわりには、玉木さんを見る目に熱がこもっていたような」

「気のせいだ」

「自分じゃわからないだろうけど、あの子と話してるときの楽しそうな顔ったら」

ぎょっとした都築は、思わず自分の顔に手をやった。そんなにあからさまだったのだろうか？　だとしたら恥ずかしすぎて埋まりたい。

「心配しなくても大丈夫よ。表情が違うって言ってもほんのわずかだし、ほかの人は気づかないと思う。でも私はすぐにわかっちゃった。やっぱり双子だからかなぁ」

「……」

「好きなんでしょ？　玉木さんのこと」

確信をこめて言った椿は、大口を開けて玉子サンドを頬張《ほおば》った。弟が相手だからか、恥じらうそぶりをまったく見せない。どうやら美味《びみ》だったようで、あっという間にひとつを平らげてから、次のサンドイッチに手を伸ばす。

「これ、私が地元で食べてたものと違うんだね。でもおいしい」

「ああ……。向こうは玉子サラダじゃないんだったか」

玉子サンドは地域によって中身の状態が異なる。こちらでは茹《ゆ》で卵をつぶしてマヨネーズで和《あ》えたものをパンに挟むが、関西では厚焼き玉子を使うそうだ。大学時代、関西方面にひとり旅をしたとき、ふらりと立ち寄った喫茶店でマスターから教えてもらった。一度しか食べたことがないけれど、なかなかおいしかったと思う。

（それはともかく）

　このままでは食い尽くされてしまうと、都築は隙《すき》を見て丸皿に手を伸ばした。手前に置かれた三角形の玉子サンドをひとつ、すばやく奪いとる。

「あ、つまみ食い」

「別にいいだろ。金を出すのはこっちなんだから」

　ぶっきらぼうに答えた都築は、サンドイッチにかじりついた。やわらかい食パンに挟まれたフィリングは、気をつけないとこぼれてしまいそうなほどたっぷりだ。マヨネーズは少なめで、ふんわりとした卵の風味が生かされている。

　丸皿の上で静かな争奪戦を繰り広げながら、椿はなおも話しかけてきた。

「前から思ってたんだけど、航って猫かぶりというか、すっごい内弁慶だよね」

「だからどうした」

「ふーん、自覚はあるんだ。さっきの玉木さんにもそうだったけど、他人と身内に対しての態度がぜんぜん違うんだもん。外面《そとづら》がいいって言うの？　でも愛想《あいそ》はないか」

「ほっとけ」

　都築はそっけなく言って、最後のサンドイッチをつかんだ。これで五分《フィフティー》五分《フィフティー》だ。

「誰だって、家族と他人に対する態度は変わるものだろ」

「まあそうだけど。私だって、会社では優しくておしとやかな人で通ってるし」

「………」

「何よその目は。嘘《うそ》じゃないからね」

サンドイッチを食べ終えた椿は、レモンティーが入ったカップに口をつけ、ほうっと息をつく。皿を下げてもらい、都築がお代わり自由のホットコーヒーの二杯目を飲んでいると、思い出したように「それで？」と問うてきた。

「告白しないの？　玉木さんに」

都築は内心で舌打ちした。せっかく話題をそらせたと思ったのに。

「あの様子じゃまだなんでしょ。たしか知り合って一年以上経つって言ってたよね。嫌われてるわけでもないんだし、思い切って伝えてみたら？　すぐにつき合うとかまではいかなくても、候補として意識してもらえるならいいと思うけど」

「それは……」

恩師の娘である碧は、亡き母と同じ道を志し、大学で必死に勉強していた。一途に夢を追い、そのためには努力を惜しまない姿には好感が持てたし、「ゆきうさぎ」に通っていろいろな話をするようになってからは、彼女の素直で誠実な人柄《ひとがら》にも惹《ひ》かれていった。はっきりと口には出していないものの、自分なりに好意があることは態度で伝えてきたつもりだ。それは相手もなんとなく察しているような気がする。

椿が言った通り、碧は自分を嫌ってはいない。最近は学業や就職について相談に乗ったし、頼りにされているとは思う。だがそれは、あくまで先輩として。彼女が自分に向けているのは尊敬や友情といった気持ちであり、恋愛感情ではない。一年以上の間、近くで見てきたからこそ、彼女が誰を想っているのかがわかってしまった。

「……碧さんにはもう、つき合ってる男がいると思う」

ぽつりと言うと、椿が驚いたように目を丸くした。

「そうなの？」

「本人から聞いたわけじゃないけど、たぶん。心当たりがあるから」

都築の脳裏《のうり》に、昨年の大晦日《おおみそか》の記憶がよみがえった。

あの日の夜、都築は同じ職場の大西とともに隣町の神社にいた。大西は毎年、妻と一緒にそこで年明けを迎えていたそうだが、その妻は少し前に出産したばかり。さすがに連れては行けないということで、代わりに都築が誘われたのだ。

『毎年恒例になってるからさ、せめて俺だけでも。それに初正月だから、破魔矢《はまや》を買っていかないと。女の子なら羽子板《はごいた》なんだってさ。無病息災を願った風習なんだとか』

『それはわかりましたけど、別にひとりでも行けるじゃないですか』

冷たく返すと、大西は『やだよ』と即答した。

『ひとりで年明けの瞬間を迎えろっての？　そんなのさびしいじゃん。奥さんはまだ実家にいるし、家にいてもロンリーよ。それなら都築くんを巻きこもうってことで』

なんだかんだと言いくるめられて、都築はしかたなく大西とともに神社に向かった。混み合う境内《けいだい》で、屋台で買った豚汁《とんじる》をすすっていたとき、ふいに目撃したのだ。自分のよく知る男性と、仲睦《なかむつ》まじそうに寄り添いながら歩いていた碧の姿を。

ふたりはすぐに人ごみにまぎれてしまったが、見間違いではなかったと思う。あれは碧と、「ゆきうさぎ」の店主である大樹だった。ただのバイトと雇い主が、あんな夜中に一緒にいるはずがない。つまりはそういうことなのだ。

あのふたりがお互いを憎からず思っていたことには気づいていたし、いつ関係が変化してもおかしくはなかった。そもそもはじめから、自分には勝ち目がなかったのだ。久しぶりに好意を抱いた相手だったが、その気持ちを伝えることもないまま、あっけなく砕かれてしまったのだった。

「なるほどねー……。それはなかなかきついわ」

話を聞き終えた椿が、同情するようにこちらを見た。気がつけば洗いざらいを話してしまったが、口に出したことで気分が少しすっきりしている。やはりこうした気持ちを発散せず、心の中に溜めておくのはストレスになるのだ。

「でも、そういうことならやっぱり、自分の気持ちは伝えたほうがいいと思う」

都築は思わず眉を寄せた。なぜそんなことを言うのだろう。椿の意図がわからない。

「碧さんにはもう相手がいるんだ。いまさら告白したって困らせるだけだし、断られるに決まってる。だったらいっそなかったことに……」

「このまま黙っていたら、航が苦しくなるだけじゃない？」

「……………」

胸の奥がちくりと痛んだ。椿はおそらく図星をついているのだ。

「私にいろいろ話したことで、少しは心が軽くなったでしょ？　強い気持ちであればあるほど、溜めこむのはつらくなるだけ。自分の中でうまく消化できるならいいけど、航の場合は無理そうだから、外に出したほうがいいと思う。たとえ玉砕しようともね」

「今後が気まずくなっても？」

「それは覚悟の上よ。そのせいで縁が切れるなら、残念ながらそこまでの関係だったってことだし。あらゆる物事には結末がある。中途半端に続けるくらいなら、潔《いさぎよ》く結末を迎えたほうがすっきりするし、新しい道も開けるんじゃないかな」

椿の言葉のひとつひとつが、自分の心の奥底に響く。たしかにこの気持ちを封じることは、碧と過ごした一年余りの年月をなかったことにするのと同じだ。

自分はそれで満足するのか？　そしてこれからも何も言わずに、碧と大樹が親しくするさまを、複雑な思いで見守って――

目を閉じた都築は、膝《ひざ》の上に置いたこぶしを強く握りしめた。


二月十三日の午後、身支度をととのえて出かけようとしたとき、碧のスマホにメッセージが届いた。自宅の玄関でショートブーツのファスナーを上げていた碧は、斜めがけにしていたバッグの中からスマホをとり出し、相手を確認する。

「あ、都築さんだ」

メッセージを開くと、話があるので十五日か十六日、どちらか空いていないかと訊かれた。十五日はバイトがあったので、十六日はどうかと返信する。それからすぐに待ち合わせの時間と場所が決まり、やりとりを終えた碧はスマホをバッグに入れた。

（話ってなんだろう……）

都築が言うには電話やメッセージではなく、直接会って伝えたいらしい。あらたまった約束に少し戸惑ったが、当日になればわかることだ。碧は履きかけのショートブーツのファスナーをきっちり上げてから、ドアを開けて外に出た。

三階の自宅からエレベーターで一階まで降り、エントランスの自動ドアを通って外に出る。とたんに寒風が吹きつけてきて、碧は思わず首をすくめた。住人専用の駐輪場には愛車であるオレンジ色のクロスバイクが停まっている。錠をはずした碧は、自転車の前カゴに荷物を入れて、サドルにまたがった。

「よし、出発!」

ハンドルグリップを握った碧は、軸足に力をこめてペダルを踏んだ。駐輪場を出て小道を進み、大通りに出る。頬に受ける風は凍えるように冷たかったが、こうして自転車を漕《こ》いでいるときは爽快《そうかい》で心地がいい。できれば就職先の学校にも自転車で通勤したかったけれど、残念ながら無理そうだ。

大通りをしばらく進むと、樋野《ひの》神社が見えてきた。敷地を取り囲む木々は常緑樹が多いため、冬枯れの気配はあまり感じられない。鳥居の下では神社をねぐらにしている野良《のら》猫が数匹、体を寄せ合って寒さをしのいでいた。大樹のもとによくエサをねだりにやってくる黒白猫の武蔵《むさし》とトラ猫の虎次郎《こじろう》もいたような気がする。

(いまの時季は大変だよね……。はやく春になればいいのに)

猫にとっては待ち遠しいだろうが、自分にしてみれば複雑だ。四月からはじまる新しい仕事は楽しみだけれど、その前に「ゆきうさぎ」のバイトが終わってしまうから。

（まだまだ時間があるって思ってたのに、あと一カ月半になっちゃったんだ……）

何日か前、大樹の家に遊びに行ったとき、庭に植えられていた梅の木が白い花を咲かせていた。来月の後半には桜も開花するだろう。そのときが来るのはあっという間だろうから、何気ないこんな時間も大事にしながら過ごしたい。

そんなことを考えているうちに、商店街が近づいてきた。見慣れた「ゆきうさぎ」の瓦《かわら》屋根も視界に入ったが、今日の目的地はそこではない。車道を挟んだ向かいにある桜《さくら》屋《や》洋菓子店が、碧のめざす場所だった。

『ねえタマさん、十三日ってヒマ？』

桜屋の跡取り娘である星花《せいか》から訊かれたのは、先週のことだった。母の仏壇に供えるためのプリンを買いに行ったとき、店番をしていた彼女と顔を合わせたのだ。

『蓮《れん》兄に頼みこんで、マカロンのつくり方を教えてもらうことになったんだ。よかったらタマさんも来ない？』

『わたしがお邪魔しちゃってもいいの？』

『ひとりでもふたりでも変わんないよ。実はこれ、慎二《しんじ》のリクエストでさ』

星花は照れたような表情で教えてくれた。くだんの彼は星花の交際相手で、碧にとっては「ゆきうさぎ」で一緒に働くバイト仲間だ。

『バレンタインに何がほしいか訊いたら、マカロンがいいって。どこかのお店で買ったほうがおいしいだろうし、見栄えもするとは思うんだけどね。曲がりなりにもパティシエの卵なんだから、ここは手づくりするべきでしょうと』

『それでチャレンジすることにしたんだ』

『前に学校の実習でもやったんだけど、そのときは失敗しちゃって点数も低かったんだよね……。いい機会だから、蓮兄にコツを教わろうかと思って。勉強になる上に、慎二のリクエストにも応《こた》えられて一石二鳥』

星花の話を聞いているうちに、碧もマカロンに対して興味が湧いてきた。

バレンタイン用につくるのなら、それを大樹にプレゼントしてもいいかもしれない。上手にできるかはわからないが、蓮が教えてくれるなら、それなりのものがつくれそうな気がする。大樹のために買っておいたチョコレートは予備として保管し、目も当てられないほど失敗してしまった場合は、当初の予定通りそちらを渡そう。

その日は特に予定がなかったので、碧は誘いを受けることにしたのだった。

桜屋洋菓子店の手前まで来たところで、碧は自転車から降りた。「ゆきうさぎ」のほうに目をやると、格子戸《こうしど》には営業時間外であることを示す札が下がっている。あの引き戸の奥では、今日も大樹や零一が料理の仕込みをしているのだ。

星花に指定された場所に自転車を停めた碧は、ワイヤーロックをかけてからその場を離れた。店内に入ると、ふんわりとした甘い香りが鼻先をくすぐる。

バレンタインの前日ということもあり、中はいつもより混み合っていた。

店内の目立つ場所には、色とりどりのリボンや風船で飾りつけた特別コーナーが設けられている。ディスプレイを担当したのは星花だそうで、小箱に入ったオリジナルのプラリネやトリュフ、可愛らしい袋に入った焼き菓子などが並べられていた。

お客はざっと見た限り、買い物途中の主婦や、学校帰りの女子中高生が多かった。主婦は家族に、学生は彼氏や気になる男の子に贈るのだろうか。友だち同士で交換したり、自分のためにとっておきの品を購入したりする人もいるかもしれない。

彼女たちに共通しているのは、チョコレートを見つめているときの表情がとても楽しそうだということ。華やいだ雰囲気に、碧の心も躍《おど》り出す。

「こんにちは」

「あらタマちゃん、いらっしゃい」

ショーケースの向こう側で店番をしていたのは、店主の妻で蓮と星花の母でもある実千《みち》花《か》だった。彼女は接客のほかにも、経理を含めた事務全般を担当し、夫と協力して桜屋洋菓子店の経営を支えている。

「大盛況ですね」

「ふふ、こちらとしては嬉しい悲鳴よ。おかげで旦那は厨房《ちゅうぼう》から出られないけどね」

実千花の話では、二月の限定品として売り出した商品が、予想以上の人気を博しているそうだ。ルビーチョコレートと苺を使ったケーキで、値段がやや高めであるにもかかわらず、店頭に出すとすぐに売り切れてしまうのだという。この商機を逃すまいと、店主は毎日フル回転で生産に集中しているとのことだった。

「これが限定品ですか？　ピンク色で可愛い」

「ルビーチョコって見た目はベリー系っぽいけど、フルーツのフレーバーは入っていないのよね。着色料も使っていない自然な色なんですって」

「不思議ですねえ」

腰をかがめてショーケースの中をのぞきこんでいると、碧の隣に立った女性が、ひとつだけ残っていたそれを買っていった。補充しても短時間でなくなってしまうようだ。口コミで噂《うわさ》が広がっているらしく、これを目当てに来店する新客もいるとか。

「予約も多いし、今月は大変だわー。ところでタマちゃんのご注文は？」

「あ、いえ。今日は星花ちゃんと約束しているんです。お店のほうから入るように言われたんですけど……」

実千花は合点がいった顔で「ああ」とうなずいた。

「さっき蓮とミケちゃんが来たけど、タマちゃんもお仲間だったのね」

「ミケさんも一緒なんですか？」

「明日は仕事で会えないから、うちでデートするんだーって蓮が言ってたのよ。まったく母親の前で堂々とのろけてくれちゃって。若いっていいわよねえ」

肩をすくめた実千花は、あきれながらもうらやましそうだ。

蓮と菜穂《なほ》の関係は、桜屋家ではすでに周知の事実となっている。年明け早々に帰省した蓮が、のん気にお雑煮《ぞうに》を頬張りながら明かしたからだ。とつぜんの告白に、桜屋夫妻と星花は驚いたものの、菜穂の人柄は知っていたので歓迎したという。

(ミケさんはいいなあ。彼氏のご両親に認めてもらえて)

碧と大樹のおつき合いについては、以前に零一がうっかり口をすべらせてしまったことがきっかけで、雪村家の人々に知れ渡った。碧に会いたがっているという大樹の両親に挨拶《さつ》するため、今月の終わりにふたりで箱根《はこね》の実家を訪問することに決めたのだ。その日が刻一刻と迫ってきている。

(うう……。考えるだけで緊張してきちゃった)

思わず身震いしたとき、実千花に声をかけられた。

「ここから母屋《おもや》に行けるわよ」

「ありがとうございます」

碧は実千花から教えてもらったドアを開け、母屋に足を踏み入れた。

ドアの奥には小さな三和土《たたき》があり、男物の黒いワークブーツと、あたたかそうな女性用のムートンブーツがきれいにそろって並んでいる。そこから家に上がると、近くにはドアの代わりに暖簾《のれん》で仕切られた部屋があった。おそらくは台所だろう。

勝手に上がるのも失礼なので、とりあえず自分が来たことを知らせるために声をかけようとしたときだった。桜色の暖簾をかき分けて、長身の若い女性――星花がひょっこりと顔を見せる。

「やっぱりタマさんだ。いらっしゃい」

「星花ちゃん、髪ちょっと伸びたね」

「あ、わかる？　秋ごろから伸ばしはじめたんだ。肩くらいまではいきたいなー」

少し跳ねている毛先をつまみ、星花は人なつこい笑みを浮かべた。

二年制の製菓専門学校に通う彼女は、碧と同じく三月に卒業を控えている。四月からは父親に弟子《でし》入りし、本格的にパティシエとしての修業をはじめるそうだ。出会ったばかりのころは高校生だった星花も、夢に向かってあらたなステージに進もうとしている。

「そこ寒いでしょ。こっちであったまりなよ」

上がるようにうながされ、碧は「お邪魔します」と言ってブーツを脱いだ。

星花のあとに続いて暖簾をくぐると、そこは予想通り台所とダイニングになっていた。その奥にはリビングがある。

暖房であたためられたリビングでは、ソファに並んで腰かけた蓮と菜穂が、仲良くみかんを食べながらテレビを観ていた。ワイドショーのようだが、事件や芸能人のスキャンダルなどではなく、リポーターがどこかの水族館を紹介している。

「水族館か……。最近行ってないなぁ」

「私も。近いうちに行きましょうか？　クラゲが見たいし」

「いいね、クラゲ。見ているだけで癒《いや》される」

「ふわふわしていて眠くなってきますよね。照明がまたいい感じに薄暗くて……」

剝《む》き身のみかんも相まって、なんだかひたすらまったりしている。星花が「あたしはイルカやペンギンのほうが見たいけどな」とつぶやいた。

「ほらふたりとも、タマさんが来たよ！　おうちデートはここまで！」

クラゲのごとくのんびりとした兄カップルとは違って、妹はせっかちだ。きびきびとした星花の声に反応し、蓮と菜穂は夢から覚めたように瞬《まばた》きする。

顔を上げて碧と目を合わせた蓮が、「久しぶり」と微笑んだ。

「タマちゃん、うちの母屋に入るのは初だっけ」

「はい。今日はよろしくお願いします」

「それじゃ全員そろったことだし、はじめようか」

蓮は残っていたみかんの房を口の中に放りこみ、ソファから立ち上がった。

コートを脱いでハンガーにかけた碧は、自宅から持ってきたエプロンを身に着ける。洗面所を借りて手を洗ってから台所に戻った。

リビングはあたたかかったが、台所には暖房が入っていないためひんやりしている。店舗の厨房のように広い調理台があるわけではないので、代わりに食事用のダイニングテーブルを使う。テーブルの上には、蓮があらかじめ買いそろえてくれた材料と、必要な調理器具が置いてあった。

製菓用の器具はどれも年季が入っており、使いこまれていることがうかがえた。

「オーブンも大きい！　さすが洋菓子店のお宅ですね」

「専門学校時代は、店の厨房が使えないときはこっちで練習していたから。本当は設備のいい厨房でやりたかったけど、仕事の邪魔はしたくなかったし」

「あそこはお父さんの聖域だからねー」

「星花は四月から使わせてもらえるようになるな」

「でも何年かは見習いだよ。好き勝手にはできないね。ま、当然のことだけど」

桜屋兄妹の言葉の端々から、父親に対する尊敬の念が感じられる。蓮は父親と対立したことがあったけれど、和解したいまでは素直に慕うことができているのだろう。

全員がテーブルを囲むと、講師役の蓮が口火を切った。

「まずは下準備をしよう。グラニュー糖と乾燥卵白《メレンゲパウダー》、ストロベリー味は食用色素も加えてよく混ぜておく。メレンゲパウダーはダマになりやすいから気をつけて。オーブンは予熱して、バターはいまのうちに室温に戻しておくこと」

「はーい」

蓮の指示に従って、碧たちは意気揚々《ようよう》とマカロンづくりにとりかかった。

下準備が終わったら、粉糖とアーモンドパウダーを計量してふるいにかける。ココアパウダーも同様に。蓮曰《いわ》く、ダマがあるとメレンゲと混ざりにくくなり、焼いたときに表面にヒビが入りやすくなってしまうそうだ。

「次はメレンゲだな。厨房のハンドミキサーを貸してもらったから、これを使って」

「泡立て器じゃだめなんですか?」

「手動は手間がかかりすぎる。しっかり泡立てないとピエが出ないよ」

「ピエ?」

きょとんとする碧と菜穂に、星花が得意げに教えてくれた。

「マカロンの端っこにできるフリルみたいなものだよ！　オーブンで焼いたときにあれが出ないと失敗で、質のいいメレンゲができていなかったことになるみたい。あとはマカロナージュの仕上がりにも影響するんだって」

「マカロナージュ?」

「まあ、それはこれから教えていくから」

苦笑した蓮が話を切り上げ、作業を再開させる。

ハンドミキサーを使ってメレンゲを泡立て、ピンと角《つの》が立ったところで、ようやく蓮から合格点が出た。メレンゲには最初にふるっておいた粉類を加え、ここからいよいよ話題のマカロナージュに入る。

「メレンゲと生地を混ぜ合わせていく過程で、ゴムベラやカードで泡をつぶしてかたさを調整するんだ。ボウルの側面に押しつけるような感じで……」

ゴムベラを手にした蓮は、手慣れた様子でボウルの中身を混ぜはじめた。

その手つきは思わず見とれてしまうほどあざやかで、一瞬の無駄もないプロの技だ。この作業がうまく行かなければ、表面のヒビ割れはもちろん、焼き上がった生地にツヤが出なかったり、空洞ができたりしてしまうらしい。

「これを家庭でつくるには根気が必要ですね……」

「まあたしかに、お菓子づくりが趣味ってくらいの人でもないと、なかなか手を出せないかもね。職人にとっては腕の見せ所だけど」

工程や注意点を聞いているだけで頭がパンクしそうだが、世のパティシエたちはこんなに面倒なお菓子を美しく、そしておいしく仕上げているのだ。しかも毎日、ほかのケーキやお菓子と並行して。想像するだけでめまいを覚える。

「こ、こんな感じでどうでしょう？」

「うーん……。もうちょっとかな。生地をすくって持ち上げたとき、こう、リボンみたいな感じで落ちていけばOKなんだけど」

蓮の手ほどきを受けながら、碧と菜穂は四苦八苦しつつも、なんとかマカロナージュの作業を終えた。星花は専門学校で勉強しているだけあって、むずかしい質問を矢のように兄へと浴びせかけ、その都度ノートに書き留める。

「よし。じゃあ次は生地を絞り出していこうか」

「はーい……」

「タマさんもミケさんも、大丈夫？　まだまだこれからだよ？」

なんとか気力をかき集めた碧は、口金《くちがね》つきの絞り袋に生地を詰め、クッキングシートを敷いた天板の上に丸く絞り出していった。空気を抜いてからは乾燥させるため、こちらもしばしの休憩となる。

「ああ……糖分が身に染みる」

「お菓子づくりって大変なんですねえ……」

星花がふるまってくれた紅茶とパウンドケーキで気力を回復させると、天板をオーブンの中に入れ、生地を焼き上げていった。異なる温度で二回に分けて加熱している間に、台所にはアーモンドが焦げるような香りが充満し、食欲を刺激する。

「たまりませんね、この匂い……」

「お腹《なか》すいた……」

やがて生地が焼き上がり、ミトンをはめた碧はオーブンの中から天板をとり出した。粗《あら》熱《ねっ》をとってから、あらかじめつくっておいたバタークリームや苺ジャム、ガナッシュを絞り、もう一枚で挟みこんでいく。

サンドしたマカロンは冷蔵庫に入れて、しばらく冷やせば——

「できたー!」

冷蔵庫からステンレスのバットを出した星花が、嬉しそうに声をはずませる。碧と菜穂の熱い拍手が室内に響いた。

「わあ、思っていたよりちゃんとふくらみましたね。ピエも出てるし」

碧は興奮に頬を紅潮させながら、完成したマカロンの仕上がりを確認する。ココアパウダーを混ぜた生地には色ムラも見当たらず、形も悪くない。

今回は四人がそれぞれ別の味を担当し、四種類のマカロンをつくり上げた。

碧はチョコレートを担当し、星花はストロベリー、菜穂はバニラ、そして蓮は玄人《くろうと》向けで難易度の高い抹茶味だ。見た目の美しさは当然ながら、蓮がつくったマカロンが群を抜いている。いますぐ店頭に出せそうだ。相手はプロなのだから、くらべること自体がおこがましいのだけれど。

「よかった。前よりはうまく行ってる」

「あーあ……。私のマカロン、ヒビ割れしちゃった」

ほっと胸を撫《な》で下ろした星花の隣で、菜穂が残念そうに肩を落とす。

碧がフォローするより一瞬はやく動いたのは、蓮だった。

彼は表面に亀裂が入ったバニラ味のマカロンをつまみ上げ、一口かじる。あっという間にすべてを平らげ、屈託《くったく》なく笑った。

「うん、おいしい」

「えっ」

蓮は菜穂に向き直り、おだやかな声音《こわね》で続ける。

「はじめてにしては上出来だよ。あの程度のヒビなんて気にするようなことじゃない。大事なのは見た目より、どれだけ心がこもっているかだと思うけどね」

「れ、蓮さん……！」

感極まった菜穂が、恋人の背中に手を回した。人目もはばからず抱きつく。

さすがの蓮も驚きの表情を見せたが、すぐに落ち着きをとり戻し、彼女のふわふわとした髪をそっと撫でる。仲睦まじいふたりの様子を、碧は微笑ましく見守り、星花は見ていられないと言わんばかりにあさってのほうを向いた。

(なんだか雪村さんに会いたくなってきちゃった)

碧は自分が手がけたチョコ味のマカロンを手にとり、口に入れる。

明日はこのマカロンを箱に詰め、リボンをかけて出かけよう。日頃の感謝と愛情を、大好きな人に伝えるために。

翌日、碧は自宅の冷蔵庫で冷やしていたチョコレートマカロンをとり出した。

（あとはこれをきれいに包んで……）

調理用の薄いビニール手袋をはめた碧は、ひんやりとしたマカロンを慎重につかみ、仕切りがついたギフトボックスの中におさめた。繊細《せんさい》なお菓子なので、指先に余計な力を入れないように気をつけなければ。

同じようにして六つのマカロンを詰め終えてから、静かに蓋《ふた》を閉める。

「ふう……。第一関門突破」

次は包装だ。手袋をとった碧は、事前に駅ビルのお店で買いこんでおいたラッピング用品の中から、どれがいいかとひとしきり悩む。友チョコなら明るい色で、思いきり可愛くすればいいのだけれど、相手は大樹だ。ポップよりはシック。派手よりは地味。それでも華やかさが出るように――

「むずかしい！」

頭をかかえてうんうん悩んだ末、碧は手持ちの中から、モノトーンの包装紙とシャンパンゴールドのサテンリボンを選び出した。この組み合わせなら大人っぽいし、落ち着いた雰囲気でありながら、ゴールドのきらめきも感じられる……はず。

ようやくイメージをつかんだ碧は、はりきってラッピングにとりかかった。しかしすぐに壁にぶつかってしまう。自分の技術があまりにお粗末だったのだ。

「うう……なんでこんなに汚くなっちゃうの」

助けを求めてネットを検索し、図解を横目に再挑戦を試みる。

何度も包装紙を無駄にして苦戦しつつも、なんとか箱を包んでリボンをかけていく。だがこちらも、既製品のようにととのった蝶《ちょう》結びがなかなかできない。

あきらめるものかと繰り返していくうちにコツをつかみ、ようやく納得がいく見た目に仕上がった。ダイニングテーブルの上にはくしゃくしゃになった包装紙や、しわだらけのリボンが無残に転がっていたが、これればかりは許してほしい。

（包装紙の裏はメモに使えるかな。書きにくそうだけど。リボンはどうしよう）

捨てるには忍びなかったので、再利用法を考えながらテーブルの上を片づける。

時刻はもうすぐ十五時になろうとしていた。大樹は今日も仕事だが、この時間はお昼の営業が終わり、夜の仕込みをはじめるにもまだはやい。いまなら昼食をとり終えて休憩しているはずだから、邪魔にはならないだろう。

椅子《いす》に腰かけた碧は、スマホのアプリからメッセージを送った。

〈これからそっちに行っても大丈夫ですか?〉

〈OK〉

返事はたった一言だけ。それでもすぐに反応してくれたことが嬉しかった。

そうと決まれば急がなければ。立ち上がった碧はよれよれの部屋着を脱ぎ捨てて、着替えをすませた。髪をとかして結び直し、洗面所の鏡の前で眉を書き足す。

「よし！」

仕上げに薄づきの色つきリップを塗った碧は、贈り物を紙袋に入れてから自宅をあとにした。自転車で行こうかと思ったが、振動でマカロンに何かあったら大変だ。碧は紙袋に衝撃を与えないよう注意しながら「ゆきうさぎ」をめざした。

(雪村さん、よろこんでくれるかな)

自転車よりも時間がかかってしまったが、十五分ほどでお店に着いた。

零一は十六時からの勤務なので、この時間は出かけているか、そうでなければ母屋のほうにいるだろう。贈り物を渡すには絶好のチャンスだ。

「こんにちはー」

いつものように格子戸を開けると、大樹はカウンターの内側ではなく、四人がけのテーブル席に座っていた。休憩中のためかエプロンとバンダナをはずし、最近のお気に入りらしき、グレーのVネックセーターを身に着けている。

テーブルの上には飲みかけのお茶が入った湯呑《ゆの》みのほかに、カラー写真が載った何かのパンフレットらしきものが広げられていた。

「遅かったな。歩いてきたのか?」

「はい。ちょっと自転車は使いたくなくて」

　碧はいそいそと大樹のもとに近づいた。テーブルの上に置いてあったのは、どうやら旅館のパンフレットのようだ。碧の視線に気づいた大樹が、パンフレットを手にとる。

「うちの旅館のだよ。さっき母親から郵便が届いて、その中に入ってた」

「雪村さんのお母さんから!」

「タマに渡してくれだとさ。なんだかんだで親も楽しみにしてるみたいだな」

　微笑んだ大樹から、三つ折りにされたパンフレットを受けとる。表紙には一枚の付箋《ふせん》が貼りつけられており、達筆な文字で「碧ちゃんに渡してあげてね」と書いてあった。

　――「碧ちゃん」……。

　自分の名前を、大樹の母親が記してくれている。心がじんわりとあたたかくなって、碧は指先でそっとその文字を撫でた。

「タマ、お茶でも飲むか?　せっかく来たんだし、何か甘いものでも……」

「あ、お菓子といえば」

　碧は手にしていた紙袋の中から、包装済みのギフトボックスをとり出した。少し乱れたリボンの形を直してから、両手で持って「どうぞ!」と差し出す。

「今日はバレンタインなので、その、雪村さんにチョコを渡そうと思って……」

話しているうちに、急激に羞恥心《しゅうちしん》が湧き上がってきた。声が次第に小さくなっていく。当の大樹は軽く目を見開いて、贈り物と碧の顔とを見くらべている。

思い返してみれば、家族や友だち以外の異性にバレンタインのチョコレートを渡すなんて、下手をしたら子どものころ以来ではないだろうか。中高生のころは気になる人はいたけれど、そこまでの勇気は持てなかったから。

（しかも手づくりって。いまどき重いかな？　つき合ってても？）

やはり当初の予定通り、お店で買ったチョコを渡すべきだったのだろうか……!?

恥ずかしさのあまり軽いパニックに陥《おちい》っていると、やがて大樹が身じろぎした。背筋を伸ばした彼はこちらに体を向け、両手で箱を受けとってくれる。

「ありがとう。これ、もしかしてタマが自分で包んだのか？」

「えっ！　な、なぜそれを」

「いや……既製品にしては包み方が甘いかなと」

一目で見抜かれてしまい、碧は「やっぱりわかりますよね」と言って苦笑した。

開けてもいいかとたずねられ、こくりとうなずく。緊張感が高まる中、大樹は碧が必死の思いで結んだ蝶結びのリボンを丁寧《ていねい》にほどいていった。

リボンが解けると、続けて包装紙を破かないよう気をつけながら、貼りつけられたテープを慎重にはがしていく。

最後にギフトボックスの蓋を開けた大樹は、中に入っていたチョコレート味のマカロンを見るなり顔を上げた。碧と目が合うと、優しく微笑む。

「これも手づくりだな」

「そ、それもわかるんですか」

「既製品だったら、そもそも自分で包装なんてしないだろ。買った時点で包まれているんだからさ。たしかこれ、マカロンとかいったか。蓮からもらったことがあるよな」

「正解です。メレンゲにアーモンドプードルとココアパウダーを混ぜていて、間に挟んでいるのはミルクチョコレートのガナッシュですね」

「へえ……」

大樹はお菓子づくり——特に洋菓子についてはそれほど詳しくない。むしろ疎《うと》いくらいだった。そんな人だから、碧の話を興味深げに聞いてくれる。

「それにしてもこれ、むずかしそうなのによくつくれたな」

「実は……」

昨日の顚末《てんまつ》を話すと、大樹は納得したように「そういうことか」とうなずいた。

「プロのパティシエから直々に教えてもらったなんて贅沢《ぜいたく》だな」

「しかも無料ですよ。誘ってくれた星花ちゃんに感謝です」

大樹は箱の中からマカロンをひとつ、指先でつまみ上げた。軽く香りを楽しんでから一口かじる。味見はしたし、蓮もこれなら人にあげても大丈夫と言ってくれたが、やはり緊張してしまう。洋菓子をあまり食べない大樹の口には合うのだろうか？

黙々とマカロンを味わっていた大樹が、最後のひとかけらを飲みこんだ。表情をゆるめてつぶやく。

「美味《うま》い」

「ほんとですか！」

碧はぱっと顔を輝かせた。

自分が心をこめてつくったお菓子を食べて、大好きな人がおいしいと褒《ほ》めてくれる。これほど幸せなことがあるだろうか。気遣いでもなんでもない、心からの笑顔を引き出せた瞬間、すべての苦労が報われたような気分になった。

「中のガナッシュがなめらかで舌ざわりがいいし、甘さもちょうどよくて俺好みだ。食感も軽くて食べやすいな」

「よかったぁ……」

安堵《あんど》の息をついていると、大樹がふたつ目のマカロンを手にとった。自分で食べるのだろうと思いきや、なぜか碧の口元に持っていく。

「タマも食べろよ」

「でも雪村さんへのプレゼントだし……」

「あとで大事に食べるのもいいんだけどさ。せっかくタマがいるんだから、同じものをふたりで食べるほうが楽しいけどな。美味いものは分け合いたいし」

そんな殺し文句を言われたら、断れるはずがない。差し出されたマカロンを遠慮なく頬張ると、大樹が満足そうな顔でこちらを見ている。くすぐったいけれど嬉しい。

「雪村さん、知ってます?」

「何を?」

「バレンタインに贈るマカロンには、『あなたは特別な人』って意味があるんですよ」

自分の気持ちを伝えるのに、これ以上のお菓子はない。口どけのいいガナッシュの甘さが心地よく、碧は大樹と一緒に幸せなひとときを過ごしたのだった。

「あの。今月限定のケーキは売り切れでしょうか?」

二月十四日、十六時二十分。都築が遠慮がちに問いかけると、ショーケース越しに応対してくれた桜屋の夫人が、申しわけなさそうに「そうなんですよ」と答えた。

「おかげさまで本日分は完売しまして。確実に購入されたいということでしたら、予約されるか開店直後にいらしていただければ……」

(時間が遅すぎたか)

やはり噂にたがわぬ人気ぶりだ。桜屋洋菓子店で販売している限定チョコレートケーキの評判は、都築が勤めている大学予備校のスタッフたちの間にも伝わっていた。はやい段階で手に入れて、妻と一緒に味わったという大西から、さんざん自慢されたことで興味が湧き、図書館に寄るついでに足を伸ばしてみたのだが……。

ここまで来て手ぶらで帰るのもなんだったので、都築はふたたびショーケースに目を落とした。小腹はすいているが、あまりずっしりしたケーキを食べる気分でもない。そんなことを考えていたとき、とある商品が目に留まった。

(マカロンか)

色とりどりのそれは一個からバラ売りをしており、贈答用の箱に入ったものも販売している。じっと見つめていると、夫人がふたたび話しかけてきた。

「そちらはバレンタインの贈り物としても人気ですよ」

「はあ……。ですが自分は男なので」

「性別は関係ありませんよ。日本は女性から男性に贈る風習が定着していますけど、欧米は逆ですし」

「言われてみればそうですね」

「バレンタインやホワイトデーに贈るお菓子に意味があるって話はご存じですか？」

それは聞いたことがある。詳細については忘れてしまったけれど。

「キャンディには『あなたが好きです』って意味をこめられますし、クッキーだったら『友だちのままで』とか。マカロンは『あなたは特別な人』って感じかしら」

「特別な人……」

「まあ、花言葉みたいなものですよ」

夫人はそう言って微笑んだ。

その話を聞いた上で、あらためてショーケースのマカロンに視線を落とす。しばらく考えた末、都築は三個入りのセットをひとつ購入した。とりあえず家で味見をして、おいしかったらもう一度買おう。あさってに碧と会う約束をしているからだ。

（バレンタインは過ぎるけど、自分の気持ちを伝えるなら……）

「ありがとうございました」

会計を終えた都築は、保冷剤が入った小さな袋を手にして店を出た。

お釣りを入れた革製のコインケースを、コートのポケットに戻そうとしたとき、手がすべって地面に落としてしまう。拾い上げようとすると、どこからともなく突進してきた黒白の大きな猫が、電光石火のごとくコインケースをくわえた。

「あ」

見覚えのあるその猫は、「どうだ」と言わんばかりに太い尻尾をひとふりすると、こちらに背を向けて走りはじめた。あっけにとられたのは一瞬で、すぐに我に返る。

「いや待て、それはエサじゃない……！」

都築はあわてて猫のあとを追いかけた。背中は黒で腹は白。あれはときどき「ゆきうさぎ」にやってくるという野良猫だ。コインケースには小銭しか入っていないが、だからと言ってそのままくれてやるつもりもない。

その姿を見失うことなく、かといって追いつけもしない絶妙な速度で走っていた野良猫は、樋野神社の前で足を止めた。それまで大事にくわえていたコインケースを、用済みとばかりに捨て置くと、鳥居をくぐって茂みの中に消えていく。

（なんだったんだ……）

どっと疲れながらも、都築は腰をかがめてコインケースに手を伸ばす。

拾い上げたそれは、思っていたほど汚れてはいない。とはいえ野良猫がくわえていたものなので、常備しているポケットティッシュで拭いていたとき――

「都築さん？」

驚いて顔を上げると、視線の先にはコートとマフラーで防寒した碧が立っていた。神社に参拝した帰りのようで、鳥居をくぐってこちらに近づいてくる。

「ここで会うなんてめずらしいですね。都築さんもお参りですか？」

「いえ、これは不可抗力で」

黒白猫にコインケースを奪われたことを話すと、碧は目を丸くした。彼女曰く、これまで同じ被害に遭った人が複数いるらしい。客引きのつもりなのか「ゆきうさぎ」の前に連れて行かれることが多いそうだが、自分はなぜか樋野神社だった。

――もしかしたら。

(ここに碧さんがいるから、会えるように導いてくれたのか……？)

ファンタジーではあるまいし、馬鹿《ば》馬鹿《か》しいとは思いつつも、そんな夢物語を否定できない自分がいる。神仏の存在を信じているわけではないが、神社に住まう猫だと聞くと、なんとなくご利益がありそうな気がした。

「碧さんはお参りを？」

「さっきまで商店街にいたんですよ。その帰りです」

神社は帰り道の途中にあるため、ついでに寄ったのだという。

商店街に行ったのなら、「ゆきうさぎ」の店主にも会ったかもしれない。むしろそれが目的だったような気もしてきた。今日はバレンタインだから、碧は彼になんらかの贈り物を渡しているはず。そしてきっと、相手もよろこんで受けとったのだろう。

想像すると、さすがに胸が痛かった。昔から感情の起伏がわかりにくいと言われているが、だからといって何も感じないというわけではなく……。

ふいに冷たい風が吹き抜け、枯れた落ち葉を躍らせた。夜になるにつれて、さらに気温が下がっていくのだ。マフラーをきっちり巻き直した碧が口を開く。

「寒くなってきましたね。都築さんもそろそろ帰ったほうがいいですよ」

それじゃ、と会釈して背を向けた碧が家路につく。彼女が三歩進んだところで、思わず前に足を踏み出した都築は、気がつけば声をかけていた。

「碧さん！」

呼び止められた碧がふり向く。

本当は、碧と約束した十六日に打ち明けるつもりだった。しかし今日、この場所で彼女と会ったことが、偶然だとは思えない。自分をここまで導いてくれた不思議な猫の存在も相まって、心の中で決意がかたまる。伝えるのはきっと、いまなのだ。

都築はさきほど桜屋洋菓子店で購入した包みを袋からとり出し、勢いのまま碧の前に差し出した。白い包装紙に桜色のリボンをかけた小箱を見て、彼女ははっと息を飲む。

「……受けとっていただけませんか」

「これは」

「マカロンです。この日に贈り物をするとき、性別は関係ないと聞きましたので」

碧の表情に明らかな戸惑いが浮かんだ。マカロンが持つ意味を彼女が知っているのかはわからなかったが、反応を見た瞬間、正しく理解しているのだと悟った。

「たぶん前から気づいていたとは思いますが、ここではっきりさせましょう。碧さんに対しては、出会って間もないころから好感を抱いていました」

都築は湿った手を握りしめた。真冬に汗をかくなんて。目の前にいるのはひとりだけなのに、百人の生徒の前で講義を行うよりも緊張する。

「最初のうちは、知弥子《ちやこ》先生の娘さんなんだから、いい人に違いない……というバイアスがかかっていたことは否めません。でもいまはその事実を抜きにしても、あなたという女性に惹かれています」

「……………」

「どんな返事でも受け止めます。碧さんの正直な気持ちを聞かせてください」

それからどれだけの時間が流れただろう。しばらくうつむいていた碧は、やがてゆっくりと顔を上げた。都築の目をまっすぐ見据えて、意を決したように口を開く。

「ごめんなさい」

予想していた通りの返答だった。覚悟はしていたが、実際に聞いてしまうとつらい。

「都築さんの気持ちはわかりました。わたしに好意を寄せてくださったことは嬉しいし光栄ですけど、お応えすることはできないんです」

「すでにおつき合いしている人がいらっしゃるからでしょうか」

碧は一瞬、言葉に詰まった。しかしごまかそうとはせず、「はい」とうなずく。

「相手は雪村さんですよね。いつからですか?」

「去年の六月の終わりくらいから……」

思っていたより長かったので、内心で驚く。そんなに前から心を通わせていたのか。

――はじめから、なんとなくわかっていた。あの人に勝てるはずがないのだと。

ふっと笑った都築は、受けとってもらえなかったマカロンを袋に戻した。碧とふたたび向かい合い、これまでの感謝をこめて、深々とお辞儀をする。

「いろいろとありがとうございました。これで新しい道に進めそうです」

「都築さん」

「お引き止めしてすみませんでした。ここは冷えますから、どうぞお帰りください」

ためらう彼女に、なおも帰るようにうながす。碧はひとつ頭を下げてから、ようやく背を向けて歩き出した。その姿が完全に見えなくなると、都築は大きな息を吐く。

「終わった……か」

もちろん胸は苦しいし、受け入れてもらえなかったことも悲しかった。しかし心の奥で渦巻いていたもやのようなものは晴れ、すがすがしさを感じる。あの不思議な猫は、不毛な片想いにしっかり決着をつけさせるため、自分をここに導いたのかもしれない。

「ブミャー」

すぐ近くで奇妙な鳴き声が聞こえ、都築はぎょっとして視線を落とした。足下にはいつの間にか例の黒白猫と小柄なトラ猫がいて、心配そうにこちらを見上げている。

「なんだよ。なぐさめにでも来たのか？」

彼らの意図はわからないが、どうやらしばらく寄り添ってくれるつもりらしい。

猫離れした気遣いに感謝しながら、都築はマカロンの包みを解いた。チョコレート味のそれを口の中に放りこみ、豪快に嚙《か》み砕く。

ガナッシュに使われているチョコレートは、ほろ苦いビターだった。

第3話　風花舞う日にみぞれ鍋

地獄のような通勤ラッシュが一段落した、午前九時二十分。

碧《あおい》は旅行用のボストンバッグを手に、世界一の乗降者数を誇《ほこ》る新宿《しんじゅく》駅の構内に立っていた。正確には、JR線と地下通路でつながっている小田急《おだきゅう》線の改札前だ。

（雪村《ゆきむら》さん、そろそろ来るかな？）

待ち合わせは九時半だったが、碧はその三十分前にはすでに到着していた。

遠足や旅行など、楽しみなことがあると自然と早起きしてしまうのが、子どものころからの習性だった。遅刻だけは避けたいし、こういうときは時間に余裕を持たせたくて、はやめに家を出たのだ。もちろん大樹《だいき》はまだ来ていなかったが、わくわくしているから待つのがまったく苦にならない。

三つに分かれた路線のうち、小田原《おだわら》線を経由して行ける駅が、大樹の実家がある神奈川県の箱根湯本《はこねゆもと》だ。通常の電車でも行けるのだが、新宿から出ている特急列車に乗れば、一時間半ほどでたどり着く。箱根は都心から比較的近い温泉地である上に、優雅な列車の旅を満喫できるということで人気を博していた。

『せっかくだから乗ってみるか。はやめに予約すれば展望席がとれるかも』

『わ、素敵ですね！　わたし乗るのはじめてなんですよ』

『実は俺もなんだ。帰省のときは普通の電車だし……。いい機会だな』

大樹は『わざわざ実家まで来てくれるんだから』と言って、碧のぶんまで特急券を購入してくれた。しかも展望席をとれたということで、期待がふくらむ。

地下通路を行きかう人々を見つめながら、碧は駅の売店で買ったペットボトルのキャップをひねった。熱いほうじ茶が喉《のど》を通ると、お腹《なか》の中がぽっとあたたまる。

『二月か三月あたりに、うちに遊びに来ないか？　店の母屋《おもや》じゃなくて、実家のほう』

大樹がそんな提案をしてきたのが、二カ月ほど前のクリスマス。

話し合いを重ね、二月の最終週に決まったのが一カ月前のことだった。

三月は卒業式があるし、就職先の研修も控えているためばたばたしている。旅館を営む雪村家も春休みシーズンは忙しく、できれば二月か三月頭がいいとのことだった。そんなこんなで日程を調整し、ようやく話がまとまったのだ。

東京から箱根までなら、日帰りでも行ける。しかしそれではせわしないだろうと、二泊の予定で旅館に滞在させてもらうことになったのだ。

しかもお客様用の部屋なのに、料金は不要。その厚意をありがたいと思いつつも、やはり申しわけなかったので、大樹と相談してある程度は支払うと申し出た。先方が気を悪くしないか不安だったが、快《こころよ》く承諾してもらえたのでほっとした。

泊まりがけの旅行なので、父にはその旨《むね》を伝えている。

さすがに大樹と一緒だとは言えなかったため、悪いと思いながらも大学のゼミ仲間と行くと嘘《うそ》をついた。大学の親友ふたりとは、今月の上旬に卒業旅行と称して沖縄に行っているので、同じゼミの女の子だと言ったのだ。父は疑う様子もなく、『最後の春休みなんだし楽しんでおいで』と笑っていた。

（お父さん、ごめんなさい……）

もちろん碧だって、大樹とのことをいつまでも隠しておくつもりはない。来月、卒業式を終えたら打ち明けようと決めていた。卒業後も家は出ず、あのマンションで父と一緒に暮らし続けるつもりだが、自分はもうすぐ社会人になるのだ。この機会にひとりの大人として、自分が好きになった人のことを、胸を張って報告したいと思う。

（『娘の彼氏』って、身近な人と知らない人、どっちがより複雑なのかなぁ。雪村さんと知り合ったのは、わたしよりもお父さんのほうがずっとはやいわけだし）

長く通っている小料理屋の店主と自分の娘が交際していることを知ったとき、父は果たして何を思うのだろうか？　蓮《れん》と菜穂《なほ》の関係を明かされた桜屋《さくらや》洋菓子店の人々は、驚きつつも歓迎したようだけれど……。

そんなことを考えていると、碧の近くにひとりの若い女性が立った。

片手に小さな紙袋を提げ、もう片方の手でソフトタイプのキャリーバッグを引いてきた彼女は、スマホでどこかに電話をかける。

「――あ、もしもし？　頼まれてたマカロン買えたよー」

その言葉を聞いた瞬間、胸の奥がずきりと痛んだ。碧の脳裏《のうり》に、きれいに包装された小箱を差し出してきた人の顔が思い浮かぶ。

(都築《つづき》さん……)

いまから半月ほど前、バレンタインの当日に、碧は彼から気持ちを告白された。

小箱に入っていたのは、「あなたは特別な人」という意味を持つマカロン。碧も同じお菓子をつくって大樹に贈ったから、そこにどのような思いがこめられているのかは、訊《き》かなくてもわかってしまった。

都築のことは尊敬しているし、好きか嫌いかと問われたら迷わず前者だと答える。でもそれは、自分が大樹に対して抱いている感情とは別物だ。だから告白に応じることはできなかったし、マカロンも受けとれなかった。

『すでにおつき合いしている人がいらっしゃるからでしょうか』

そうたずねてきた都築の表情は、そのことを確信しているかのようだった。碧がうなずいたあと、すぐに大樹の名が出てきたから、以前から察していたのかもしれない。

断られるとわかっていて、それでも自分の気持ちを相手に伝える。相当の勇気と覚悟がなければできないことだ。だから碧も嘘をついたりごまかしたりはせず、大樹との関係を正直に打ち明けた。それがせめてもの誠意だと思ったから。

都築は最後に、これで新しい道に進めそうだと言った。彼にとってあの告白は、これからの自分のために必要なものだったのだろう。眼鏡の奥の目はさびしげではあったが、どこか晴れ晴れとしているようにも見えた。けれどそれは、自分の罪悪感を少しでも軽くしたいがためのまぼろしだったのかもしれない――

(都築さん、あれからどうしてるのかな)

あの日以来、碧は彼と会っていない。翌日にアプリのメッセージが届き、十六日に会う約束をしていたが、なかったことにしてほしいと告げられた。おそらく本来は、その日に告白するつもりだったのだろう。バレンタインの日に偶然、樋野《ひの》神社で会ったことで、突発的に予定を変更したのかもしれない。

それ以降、都築からの連絡はなかった。大樹や零一《れいいち》が言うには、「ゆきうさぎ」にも来店していないそうだ。まだ半月しか経《た》っていないし、お店で自分と顔を合わせるのが気まずいのだろうか。もしかしたら二度と行かないと決めてしまったのかもしれないが、それは彼の自由だから、どうすることもできなかった。

都築が行動を起こし、はっきりとした決着がついたことで、自分たちの関係は少なからず変化したのだ。これまで通りとはいかないし、場合によってはこのまま縁が切れてしまうこともある。悲しいとは思うが、それもひとつの結末なのだろう。

相手が真剣であればあるほど、断るのは申しわけないし、罪悪感が残る。嫌いな相手でないならなおさらだ。

ため息をついた碧は、飲んでいたボトルのキャップを閉めた。

（いまは考えないようにしよう。せっかくの旅行なんだから）

気をとり直したとき、人の波に乗って、通路の奥からこちらに近づいてくる大樹の姿に気がついた。碧が片手で合図をすると、小走りで駆け寄ってくる。

「おはようございます！」

「おはよう。迷わなかったか？」

「はじめてだけど大丈夫でしたよ。ここはそんなにむずかしくないですね」

碧は笑顔で答えた。新宿駅はＪＲのほかに、複数の私鉄と地下鉄《メトロ》が乗り入れている。出口も多く、慣れていない人は高確率で迷ってしまう。幸い、碧が乗ってきた中央線のホームからここまでの道のりは、比較的わかりやすかった。

自宅の最寄り駅で待ち合わせをすると、知り合いとばったり会ってしまうかもしれない。それを避けるために、新宿までは別々に行くことにしたのだ。

「それにしても……。タマ、荷物多くないか?」

「うっ。これでも頑張って減らしたんですよ」

「キャンプに行くわけでもないんだし、必要なものはだいたい用意してあるけどな」

パンパンにふくらんだ碧のボストンバッグを、大樹は不思議そうに見つめる。

「雪村さんは少ないですねー。うらやましい」

「特に持っていきたいものもないからな。替えの服と下着くらいか」

大樹の荷物は、右肩にかけた黒いデイパックと、お土産《みやげ》らしきお菓子の箱が入った紙袋がひとつ。デイパックの中身はあまり入ってなさそうだから、碧のバッグに何が詰まっているのか気になるようだ。

「冬だから服だけでもかさばるんです。それにドライヤーとか」

「なんでドライヤー……。重いだろ」

「わたしはこれじゃないとだめなんですよ。あと寝間着も。浴衣で寝るのが苦手なので」

「いろいろこだわりがあるんだな。そっちの袋は……『くろおや』の和菓子?」

「ご家族へのお土産です。これはご挨拶《あいさつ》するときに必要でしょう!」

碧は自信満々に袋をかかげた。地元の老舗《しにせ》和菓子店で購入した抹茶《まっちゃ》大福は、宇治《うじ》から取り寄せたという香り高い抹茶を小豆《あずき》と一緒に練り上げ、もっちりとした求肥《ぎゅうひ》で包んだ逸品だ。これなら大樹の両親や、祖母の葉月《はづき》にも気に入ってもらえるだろう。

「抹茶大福？　前に実家に持って行ったことあったな」

「ええっ！　そ、そういえばこれ、雪村さんが教えてくれたんでしたっけ……」

「まあ、何年も前のことだから。たしかおいしいって褒《ほ》めてたと思う」

碧を安心させるように言った大樹は、コートのポケットから二つ折りの財布を開き、四枚のチケットを抜き出した。そのうちの二枚を碧に渡す。

「乗車券と特急券」

お礼を言った碧は、わくわくしながらチケットを受けとった。普段目にしているＩＣカードや切符とは違った特急券は、旅行気分をさらに盛り上げてくれる。記念に写真を撮っていると、大樹は碧の足下に置いてあったボストンバッグをひょいと持ち上げた。

「ほら、行くぞ」

「はーい」

スマホをポケットにしまった碧は、大樹のあとを追って改札を通った。

楽しい時間というものは、どうしてこんなにもはやく過ぎてしまうのだろう。

「タマ、そろそろ着くぞ」

「え、もう？　なんだかあっという間でしたね」

大樹に声をかけられた碧は、食べかけのどら焼きを口の中へと押しこんだ。もごもごと味わっているうちに、列車が減速しはじめる。

展望席の大きな窓から景色を楽しんだり、車内販売で買ったお菓子をつまみながら、大樹と話に花を咲かせたり。列車の旅を満喫しているうちに、いつの間にか目的地がすぐそこまで迫っていた。車窓からは連なる山々が見えるし、左手の道路に沿うようにして流れる川の水面が、日の光に反射して美しくきらめいている。

「うわぁ……きれい！」

「だろ。やっぱり自然が多いと安心するな」

窓にへばりついて見とれる碧の横で、大樹がほっとしたように言った。生まれてから高校を卒業するまで住んでいた場所だというし、愛着があるのだろう。

「たしか大きな湖がありましたよね？」

「芦ノ湖《あしのこ》ならもっと上のほうだよ。このあたりは箱根の玄関口ってところかな」

碧は二回ほど家族でこの地に旅行したことがあるのだが、残念ながらあまり憶《おぼ》えていない。写真を見るとかなり幼いころなので、記憶が薄れてしまったのだろう。

「ゴミはちゃんとまとめておけよ。床に落としてないな？」

「大丈夫ですよー」

新宿駅を出発してから、約九十分。十一時半を少し過ぎたころ、碧と大樹を乗せた特急列車は箱根湯本駅に到着した。荷物を手にして外に出ると、とたんに冷たい空気が肌を刺す。暖房であたためられていた車内とは大違いだ。

「ひー、やっぱり寒い！」

「風邪ひかないようにしろよ」

首をすくめた碧の手から、大樹が毛糸のマフラーをやんわりと奪いとった。それを碧の首にぐるぐると巻きつけていく。されるがままだけれど、気にしてもらえるのが嬉《うれ》しい。面倒見がいい大樹は、旅行中でも他人の世話を焼くのが好きなようだ。

駅を出ると、周囲は観光客と思《おぼ》しき人々でにぎわっていた。見たところ、日本人だけではなく、外国人の団体客も多いようだ。車道沿いには土産物のお店や飲食店などが軒《のき》を連ねており、活気にあふれている。

大樹の実家は、ここから徒歩で十分ほどかかるらしい。寒いしタクシーで行くかと訊かれたが、それほどの距離ではない。大樹の生まれ故郷をじっくり見てみたかったということもあり、碧は歩いて行きましょうと答えた。

「もうすぐお昼ですね。お腹すいてきちゃった」

「さっきどら焼き食べただろ」

「あれじゃ足りませんよ」

「弁当食べておけばよかったのに。車内販売で売ってたんだから」

「う……。たしかに魅力的でしたけど、今回はあえてパスしたんです」

車窓に流れる景色をながめながら、車内でゆっくり味わうお弁当は、さぞやおいしいことだろう。その誘惑をぐっとこらえたのには理由があった。

(だって今日は、雪村さんのお母さんがお昼ご飯を用意してくれるっていうから)

正午近くに到着する旨を伝えたとき、大樹の母は『ちょうどいいから昼食を一緒にとりましょう』と言ったそうだ。どこかのお店に行くということではなさそうなので、大樹の家で食べるのだろう。店屋物なのか、それともみずからつくってくれるのかはわからないが、先に別のものでお腹を満たすわけにはいかなかった。

――もうすぐ雪村さんのご両親と会うんだ……。

目的地が近づいてくるにつれて、少しずつ心臓の鼓動がはやくなってきた。否応《いやおう》なしに緊張感が高まっていく。何度も練習した挨拶を頭の中で繰り返していると、大樹が重厚感のある門をくぐった。そしてついに足を止める。

「ここがうちの旅館」

「わ……」

雪村家が営む「風花館《かざはなかん》」は、昔ながらの瓦《かわら》屋根が印象的な、純和風の外観だった。看板には屋号をあらわしているのか、雪の結晶のマークがあしらわれている。

「パンフレットで見た通り。庭園もあるんですよね」

「それは中庭だな。ここからは見えないけど」

三階建ての建物は、世俗から切り離されたような落ち着いた佇《たたず》まい。外壁は淡いクリーム色で、玄関のそばに植えられた立派な松の木が、格調高い雰囲気を演出している。なんだか昔の文豪が、執筆のために泊まっていそうな旅館だ。

「外観は古いけど、中は改装したからきれいだよ」

「趣《おもむき》があって素敵です」

「まだチェックイン前だから入れないけどな。とりあえず家のほうに行こうか」

いったん外に出た大樹は、塀に沿って裏に回った。

そちらには簡素な門があり、雪村家の人々はここから出入りしているのだという。ふたたび敷地内に入ると、平たい飛び石が並ぶ先に一軒の家が建っていた。外階段がついた二世帯住宅だ。築年数は浅そうで、和風ではあるがモダンなつくりの家だった。

その横には、離れのような小さな平屋。

「一階が両親の家で、二階には弟夫婦が住んでる。平屋はお祖母《ばあ》さんの家だよ」

「葉月さんですか」

「同居して気を遣うのは嫌だからって、自分の貯金で建てたんだ」

「それはすごい」

大樹にとっては父方の祖母にあたる葉月とは、一度だけ会ったことがある。母方の祖母で「ゆきうさぎ」の先代女将《おかみ》とは真逆の、昔気質《かたぎ》で厳格な老婦人だ。

とつぜんお店にやって来た彼女の目的は、孫の大樹とつき合っている相手、すなわち碧の品定め。接客態度や料理の腕を厳しく批評されたものの、最終的には行儀作法を教えるから、勉強しにいらっしゃいと言われるくらいには気に入られた……と思う。

しかし大樹の母や弟嫁など、嫁いできた女性たちとは気が合わないと聞いた。三世代でドラマのような嫁姑《しゅうとめ》戦争が繰り広げられていたらどうすればいいのか。

想像して震え上がる碧に、大樹は苦笑しながら口を挟む。

「何を考えているかはだいたいわかるけど、そこまでギスギスしてないから大丈夫だよ」

「うっ……。すみません。失礼なことを」

「いや。昔は衝突したこともあったみたいだけど、いまはつかず離れず、ちょうどいい距離を保っているというか。お互いに干渉しすぎないのが大事なんだろうな。仲良しとは言えないけど、まあまあうまくやっているとは思う」

「おつき合いのコツをつかんだってことなんでしょうか」

そんなことを話しながら、碧と大樹は二世帯住宅の玄関に向かう。

「お祖母さんも女将を引退してからは、あれでも前よりは丸くなったんだよ」

「そ、そうなんですね」

「現役時代はもっと高飛車で厳しかった。女将としての重圧もあったのかもな。いまは自由にやりたいことをしてるよ。学生時代の友だちと会ったり、マナーや着付け教室の講師に呼ばれて遠出したりさ」

「自宅でも行儀作法を教えていらっしゃるんですよね」

「生徒は知り合いの娘さんとか、接客業の人が多いかな。不定期でやってるんだよ」

離れなら息子夫婦に気兼ねすることなく、好きなときに人を呼べる。もしかしたらそれが、平屋を建てた最大の理由なのかもしれない。

ふいに、碧は鼻を動かした。そこはかとなくただよってくるこの香りは……。

大樹が玄関の横にとりつけられている呼び鈴を鳴らした。ややあって、返答する声よりもはやく、引き戸が開かれる。草履《ぞうり》を履《は》いて姿を見せた人物は――

「えっ」

「ごきげんよう。よく来ましたね」

驚く碧と大樹の前で、品のよい和服に袖《そで》を通した葉月は、にこりともせずに言った。

碧と大樹を客間と思しき和室に通した葉月は、手ずから淹《い》れた緑茶を少し飲んでから口火を切った。

「さっき、私のところに毬子《まりこ》さんから電話があったのよ」

葉月と会うのは三カ月ぶりになるが、座卓を挟んだ向かいに正座する彼女には、あいかわらず隙《すき》がない。灰色がかった薄茶の色無地を美しく着こなし、白くなった髪もきれいにまとめられている。どこか冷たく、凛《りん》とした雰囲気も以前のままだ。

端整な顔立ちで、肌のたるみもあまり目立たないため、八十歳を過ぎているようには見えない。いかなるときも姿勢がよく、こちらも自然と背筋が伸びる。

「急な用事が入って、篤《あつし》ともどもしばらく手が離せないとか。だから毬子さんから鍵を借りて、私が代わりに出迎えることにしたのよ」

(篤……?　あ、雪村さんのお父さんか)

旅館を切り盛りする大樹の両親は、今日も朝から仕事だという。息子の彼女が来るからといって、簡単に休みをとるわけにはいかないのだ。それでも碧と会うために時間をひねり出し、仕事の合間を縫《ぬ》って食事まで用意してくれたのだからありがたい。

「この時間は予定がなくて空いていましたからね」

「お気遣いありがとうございます」

「用事が終わり次第戻るとは言っていましたが、お腹がすいているなら先に昼食をとってもかまわないとのことですよ。台所にお鍋があって、ご飯も炊《た》いてありますから」

居間の出入り口のほうに視線を向けた葉月は、「それにしても」とつぶやく。

「どうしてカレーなのかしら？」

「！」

「お客様にお出しするのだから、もう少し凝《こ》ったお料理を用意すればよかったのに」

葉月は不満そうだったが、碧は心の中で小躍《こおど》りした。

（やっぱりカレーなんだ！　しかも雪村さんのお母さんの手づくり……！）

家の外までただよってきたスパイスの香りで、昼食に何が出るのかは予想がついた。碧の好物を、大樹が母親に伝えたのだろうか。それを聞いた上でわざわざつくってくれたのなら、飛び上がりたくなるほど嬉しい。

「どうする？　先に食べるか」

大樹に問いかけられた碧は「いえ」と首をふった。お腹は減っているが、やはりカレーをつくってくれた本人が戻ってきてから、一緒に食事をしたい。空腹をまぎらわせるために葉月が淹れてくれた緑茶を飲んでいると、ふたたび話しかけられた。

「ところで碧さん。これまでにいくつか気になったことがあるのだけれど」

「な、なんでしょうか」

緊張して身をかたくする碧に、葉月は淡々《たんたん》と告げた。

「訪問時のマナーです。まず、コートは呼び鈴を鳴らす前に脱いでおくべきでしたね」

「あ……」

「それから家に上がるとき、後ろ向きで靴《くつ》を脱いだでしょう。あれは訪問先の方にお尻を見せてしまうことになり、失礼にあたります」

「す、すみません。いえその、申しわけありません」

うろたえる碧にかまうことなく、葉月は流れるような口調で続ける。

「正しくは正面を向いたまま上がり、その後にかがんで靴をそろえます。このときも相手に背中を向けないように注意して、少し斜めに体の向きを調整するといいでしょう」

「わかりました」

「あとは特に問題ないですね。素足でもないし、服装も上品でけっこうです」

「ありがとうございます……」

言いたいことを吐き出して気が済んだのか、葉月はすっきりとした表情で緑茶に口をつける。行儀作法を教えているというだけあって、彼女は碧が家に入った瞬間から、こちらの行動をさりげなくチェックしていたのだ。

――やっぱり厳しい……！

指摘はされたものの、褒めてもらえた点もあったのでほっとする。

今日、何を着ていくかは、前日に手持ちの服を引っぱり出してさんざん悩んだのだ。最終的にはベージュのニットに膝下丈《ひざしたたけ》のプリーツスカート、そして厚手のタイツを選び出した。幸い、葉月には気に入ってもらえたようだ。

靴は歩きやすさ重視でスニーカーを履いてきたのだが、旅館の手前でローヒールのパンプスに履き替えた。荷物が多いのはこのためでもあったのだ。大樹は「そこまで気を遣わなくても大丈夫だよ」と言っていたが、やはりはじめての訪問だから、少しでもいい印象を残したかった。

「美しいマナーは大人のたしなみです。いまのうちに身に着けておけば、社会に出たときにも役立ちますよ。しっかり覚えておきなさい」

「はい！　あの、忘れないうちにメモをしてもいいですか？」

「どうぞ。習ったことをすぐに書き留めるのはよい心がけです」

安堵《あんど》した碧は、ショルダーバッグの中からメモ帳とボールペンをとり出した。葉月の教えを記していると、玄関のほうから戸が開く音が聞こえてくる。顔を上げた碧が居ずまいを正したのと、着物姿の女性が居間の引き戸を開けたのは同時だった。

「お待たせしました！　思っていたより時間がかかっちゃったわー」

「なんですか、毬子さん。騒々しい」

眉をひそめる葉月に、女性は「急いで戻ってきたもので」と笑顔で答えた。義母から鋭い目つきでねめつけられても、ひるむ様子はまったくない。

年齢はおそらく五十七、八歳くらいだろう。光沢のある銀鼠《ぎんねず》色の着物を身にまとい、松と思しき模様が描かれた帯を締めている。葉月とはまた異なる雰囲気を持つ美人で、そこにいるだけで場が華やぐような魅力を感じた。声も明瞭《めいりょう》で聞きとりやすい。

同性の零一ほどそっくりではなかったが、鼻や唇といったパーツのつくりは大樹と似ていた。碧と目が合うなり、毬子は嬉しそうに表情を輝かせる。

「あなたが碧さん？」

「は、はい。そうです」

なんとか答えを返すと、毬子は優雅な足取りで室内に入ってきた。碧の前で膝を折った彼女は、宿泊客を出迎えるかのように丁寧《ていねい》なお辞儀をする。香水か匂い袋か、ほのかな花のような香りが鼻腔《びこう》をくすぐった。

「はじめまして。大樹の母で、雪村毬子と申します」

碧も彼女に倣《なら》い、畳《たたみ》に指をついて頭を下げた。

「玉木《たまき》碧です。はじめまして」

「息子がいつもお世話になっております」

「いえそんな。わたしのほうこそ雪……いえ、大樹さんにはお世話になってばかりで」

普段は苗字で呼んでいるから、こうして下の名前を口にすると、なんだかとてもこそばゆい。つき合いはじめて八カ月も経つのだし、どこかで切り替えたいとは思っているのだが、「雪村さん」に慣れすぎているためむずかしい。

「あの。このたびはお招きありがとうございます」

上ずった声で言うと、毬子は「そんなに緊張しないで」と微笑《ほほえ》む。

「あなたの噂《うわさ》を聞いてから、ずっとお会いしたいと思っていたの。ここまで足を運んでくださって嬉しいわ。うちの旅館は源泉かけ流しで、お料理にも定評があるのよ。肩の力を抜いて楽しんでいってくださいな」

（そういえば、彰三《しょうぞう》さんもすごく気に入ってたっけ）

年始にこの旅館に泊まったという彰三は、娘夫婦とゆったりとした時間を過ごすことができたとよろこんでいた。できればまた行ってみたいと。その言葉を伝えると、毬子は「それは何よりだわ」と声をはずませる。

「彰三さんは両親の大事なお友だちだもの。ちょっとだけ親孝行ができた気分ね」

両親をすでに亡くしている毬子は、少しさびしげな顔で言った。

「お店のほうにもずっと通ってくださっているんでしょう？　久しぶりにお会いしたけどお元気そうで安心したわ。私も近いうちに『ゆきうさぎ』で食事がしたいわねえ」

毬子はなつかしそうに目を細めた。ややあって表情を切り替え、ふたたび口を開く。

「さてと！　挨拶も終わったことだし、お昼にしない？　もう食べちゃった？」

「まだだよ。母さんと一緒に食べたいからって、夕……彼女が」

「あら、待っていてくれたなんて嬉しい。それじゃすぐに支度するわね。割烹着《かっぽうぎ》……は台所に置きっぱなしだったかしら」

言いながら腰を上げた毬子が、ちょうど緑茶を飲み終えた葉月に話しかける。

「よかったらお義母《かあ》さんもいかがですか？　たくさんつくったので」

「遠慮させていただくわ。私が洋食を好まないこと、あなたも知っているでしょう」

冷ややかな声で答えた葉月は、湯呑《ゆの》みを茶托《ちゃたく》の上に置いた。座卓に手をついて立ち上がり、「離れに戻りますよ」と言って客間をあとにする。やがて玄関の戸が閉まり、葉月の気配が遠くなると、碧は息を小さく吐き出した。

祖母が帰ったのをいいことに、大樹が正座を崩してあぐらをかく。ぴんとはりつめていた空気がやわらぎ、気安い雰囲気になった。

「あいかわらずだな、お祖母さんも」

「いつものことよ。あれこれ気にしていたら身がもたないわー」

苦笑いした毬子が、自分の右肩を軽く叩いた。

葉月は行儀作法の講師としては模範的でも、毎日顔を合わせる家族からすれば、なかなか接しづらい相手なのだろう。完全な同居であれば、毬子もストレスで胃を痛くしていたかもしれない。悪い人ではないと思うが、葉月はいかんせん気むずかしすぎる。衝突を避けるためにも、ある程度の距離を置くのが正解なのだ。

「碧ちゃんもごめんなさいね。のっけから義母のお相手をさせちゃって」

親しげな呼び方に心をはずませつつ、碧は「いえ」と笑った。

「マナーについていろいろ教えていただきました。葉月さん、厳しいですけど教えてくださることはすごくためになります」

「あらまあ……。大樹ったら、いい子をつかまえたじゃないの。どんな手を使ったのよ」

「なんてことない、餌付《えづ》けだよ」

「なるほど、胃袋をつかんだわけね。あんたの腕ならコロリといっちゃうわー」

母と息子の冗談交じりの会話を、碧は羨望《せんぼう》と少しの嫉妬《しっと》を感じながら聞いていた。自分も大樹のように、大人になっても母と何気ない話で笑い合ってみたかった……。

「碧ちゃん」

はっと顔を上げると、優しく微笑む毬子と視線が合った。

「大樹にはかなわないけど、私も『ゆきうさぎ』の先代女将から料理を教えてもらったのよ。カレー、自信作だからみんなで一緒に食べましょう」

「──はい！」

自分に向けられたのは、まぎれもない「母親」の笑顔。嬉しくて目頭が熱くなり、鼻の奥がツンとしてきたが、碧は必死にこらえて元気よく答えた。


それから数時間後の、十六時過ぎ。

大樹は旅館の一階にある事務室のドアをノックした。許可を得て中に入る。

「おお、大樹か」

デスクでパソコン作業をしていた父に、大樹は「お疲れさま」と笑いかけた。

「差し入れ持ってきたから、あとでスタッフの人たちに配っておいて」

「いつも悪いなぁ」

帰省したときに東京の土産を差し入れするのは、もはや習慣となっていた。

父のデスクに近づいた大樹は、焼き菓子が入った紙袋を手渡す。

白いYシャツにネクタイ、そして「風花館」と衿《えり》文字が入った紺《こん》色の法被《はっぴ》。父の仕事着はこれが定番だ。しかしよく見てみれば、たまに奇妙な柄《がら》のネクタイを選んで遊んでいることもある。今日は碧が来ることもあってか、おふざけのない無地だった。

大樹の視線の先で、父は期待に満ちた表情で紙袋の中をのぞきこむ。

「中身がわからん。洋菓子か?」

「小さく書いてあるよ。バターサンド。母さんに訊いたらこれが食べたいってリクエストされたからさ。父さんは苦手だろうけど」

父はスポンジケーキやクッキーといった洋菓子があまり得意ではない。洋食よりも和食が好きなところなど、食の好みは葉月と似ている。さすがは親子といったところか。

紙袋からバターサンドの箱をとり出した父は、納得したようにうなずく。

「ああ、たしかに書いてあるな……。老眼なのかねえ。ちょっと前から小さい文字が読みにくくなってきたんだよな」

「やっぱり老眼鏡は必要だよ。仕事に支障が出たら困るだろ」

「いやいや、俺はまだ大丈夫だ。もうしばらくはルーペでしのぐ」

父は眼鏡をかけた自分の顔が嫌いなのだ。まったく似合わないと思っているようで、かたくなに老眼鏡を拒否している。大樹から見れば別にそんなことはないのだが、本人が思いこんでいるのだからどうしようもない。

父はおもむろにバターサンドの箱を開けた。個包装された袋をひとつ破く。

「食べるの？」

「昼飯を食いっぱぐれてな……。この際、洋菓子でもかまわん」

よほど空腹だったのか、父は迷わずバターサンドにかじりついた。無表情で咀嚼《そしゃく》していたが、食べ終わるとその口元がゆるむ。

「なんだよ、美味《うま》いじゃないか。もう一個もらうぞ」

言うがはやいか、父はふたつ目に手を伸ばした。気に入ってもらえたならよかった。三箱買ったので、父がいくつか食べても全員に行き渡るだろう。

あっという間に三個を平らげた父が、満足そうに息をついた。

「ところで大樹、いつまでもここにいていいのか？　彼女はどうした」

「ちょっと疲れたから、夕食まで昼寝するってさ」

正午少し前に実家に到着した大樹と碧は、母への挨拶を済ませたあと、昼食の支度をはじめた。父も加わる予定だったのだが、急な仕事で戻ってくることができなかった。

『篤さんにはチェックインのときに会えるでしょ。その時間はフロントにいるから』

『瑞樹《みずき》とひかるは？』

『ふたりとも仕事中よ。隙を見て挨拶に行かせるわ』

割烹着姿の母は、そう答えてカレーの入った鍋をお玉でかき回した。

大樹と碧も準備を手伝い、やがて昼食がダイニングテーブルの上に並んだ。メニューは母が早起きして煮込んだという冬野菜カレーと、半熟のポーチドエッグを載せたシーザーサラダ。そして食後のデザートは、レモン汁を加えてさっぱりとした口当たりに仕上げたヨーグルトゼリーだった。

『普段は市販のルーを使うんだけど、今回は頑張ってスパイスでつくったのよ。本格的なものは久しぶりだったから気合いが入ったわー』

母がこの日の昼食にカレーをつくったのは、もちろん碧の好物だからだ。先週、母から大樹のもとに電話があり、何が好きなのかをたずねられた。

無類のカレー好きである碧は、感動に打ち震えながらスプーンを握った。

『いただきます……』

『はい、召し上がれ』

母が彼女のために煮込んだのは、カボチャやニンジンといった体をあたためる作用がある根菜に、白菜とブロッコリーを加えた栄養たっぷりのカレー。スパイスを利かせ、炒《いた》めた玉ねぎの甘さと、隠し味として入れたヨーグルトの酸味でコクを出したようだ。

野菜の旨味《うまみ》が溶けこんだそれを一口食べて、碧は満面の笑みを浮かべた。

『――おいしい！』

それは母の料理が引き出した、はじけるような笑顔。

碧は夢中になってカレーを平らげ、みごとな食べっぷりで母をよろこばせた。大盛りにしたお代わりもぺろりと完食したときは、『小柄なのにすごいわねえ。消化がはやいのかしら？』と不思議がられていたけれど。

食事を終えると、母はあわただしく職場に戻っていった。大樹と碧は協力して後片づけを済ませ、チェックインの時間になってから旅館に向かったのだ。

母が言っていた通り、ロビーの奥にあるフロントには父が立っていた。

『ご予約の玉木様ですね。いらっしゃいませ。ようこそ風花館へ』

『はじめまして。お世話になります』

すぐ近くにほかのお客がいたので、父と碧は短い挨拶をかわすにとどめた。大樹は父から渡された鍵を受けとり、碧を客室に案内したのだ。

「真面目そうな子だったな。若いのにしっかりした話し方でさ」

空になったバターサンドの袋をゴミ箱に捨て、父がふたたび話しかけてきた。

「あれでまだ大学生とは恐れ入る」

「来月には卒業するよ。四月からは高校教師」

「先生になるのか。なるほど、たしかにそんな感じだ」

会話は続いているが、父の視線は大樹ではなく、手元の書類に向いていた。そういえば今日は、事務室で働くスタッフがいつもより少ない。複数の退職者が出たため、人手不足なのだという母の話を思い出す。

「大樹が彼女をうちに連れてくるなんてはじめてだから、どんな子なのか気になっていたんだよ。親に会わせるくらいだし、本気の相手なわけだろ」

「それはまあ……。そもそも母さんとお祖母さんから催促されてたし」

「嫌なら無視すればいいだけの話だ。そうしなかったのは、おまえ自身もあの子を俺たちに会わせたかったってことじゃないか?」

父は正確にこちらの気持ちを言い当てた。

これまで何人かの女性と交際したが、両親に会ってほしいと思った相手は碧だけだ。将来の約束をしたわけでもないのに重いだろうかと不安ではあったけれど、快く承諾してくれたことが嬉しかった。

「ところで大樹、夕食はどうするんだ？　彼女の部屋で一緒にとるのか」

「ああ。母さんには伝えてある」

今回の旅行では、碧は旅館の客室に宿泊し、大樹はいつもの帰省と同じく実家で寝泊まりする。母には「別々の部屋でいいの？」と訊かれたが、さすがに実家でそれはどうかと思ったので、さらりとかわした。それでも夕食はふたりでとりたかったため、碧の部屋に大樹のぶんも運んでもらえるよう頼んでおいたのだ。

「そのころまでには終わらせておきたいなぁ、今日の仕事……」

確認済みの書類にペンを走らせ、捺印《なついん》した父がぽつりとつぶやく。

「夕飯まで食いっぱぐれたらかなわん」

「そんなに忙しいのか……」

「ただでさえ人手不足の上に、この寒さで体調を崩して寝込んでいるのが数人。インフルエンザでないのが不幸中の幸いか」

「いまの時季は風邪もひきやすいから大変だな」

「でも幸運なことに、雪村家《うち》の人間はいまのところ全員ぴんぴんしているんだよ。三月からは臨時のバイトも入るし、それでなんとか乗り切るさ」

顔を上げた父が、デスクの上に置いてあった栄養ドリンクをつかみとる。

キャップをひねり、中身を一気に喉へと流しこむ姿を見ているうちに、本当に大丈夫なのかと心配になってきたのだった。


（ふう……。気持ちよかった）

白地の浴衣をまとい、茶羽織《ちゃばおり》に袖を通した碧は、ほんわかとした心地で大浴場をあとにした。寝ている間にはだけるのが嫌なので、布団に入るときは持参の寝間着に着替える。けれど温泉旅館に来たからには、やはり浴衣で風情を味わいたかったのだ。

（やっぱりいいなあ、温泉は。露天風呂のライトアップもきれいだったし）

今日は朝からめまぐるしかったけれど、やわらかなお湯をたたえた温泉で、一日の疲れがきれいに流れ出た感じだ。湯上がりの肌はなめらかで、血行がよくなったのか、体の内側からポカポカしている。

もちろん温泉だけではなく、趣向を凝らした夕食も最高だった。

新鮮な魚介類をさばいたお刺身の三種盛りや、ほどよく脂《あぶら》がのった金目鯛《きんめだい》の煮付け。天ぷらの衣は軽くて歯切れもよく、弾力のある大ぶりの海老《えび》にクリーミーな白子《しらこ》、そして季節を感じさせる菜の花がからりと揚げられていた。

炊き立ての海鮮釜《かま》めしは、魚介の旨味をすみずみまで染みこませた、料理長の自慢の一品。彩《いろど》り豊かな会席料理を味わいながら、碧は大樹とふたりであれこれ感想を言い合って贅沢《ぜいたく》な時間を楽しんだ。

(こんなに素敵な旅館が実家で、雪村さんがうらやましいなー)

そうは思うけれど、実際にその立場になってみれば、相応の苦労や悩みが生まれてくるものなのだろう。代々続いている旅館を継いで、経営をかたむけることなく維持していかなければならないのだから、プレッシャーも大きいはず。

本来の跡取りだった大樹は、この旅館ではなく母方の祖母が遺《のこ》した「ゆきうさぎ」を選んだ。現在の後継者は彼の弟である瑞樹と、その妻ひかるだ。彼らとは以前に顔を合わせたことがあり、今回は約二年ぶりの再会だった。

『玉木さんが大くんの彼女になったんだ！　びっくりしたけど嬉しい』

『前に「ゆきうさぎ」でお会いしましたよね。ご無沙汰《ぶさた》してます』

　昼寝から目覚めて荷物を整理していたとき、瑞樹とひかるは仕事の合間を縫って、客室をたずねてきてくれた。チェックインの際に父の篤とも挨拶したため、これで雪村家の全員と言葉をかわしたことになる。

『ところでひかるさん。失礼ながらそのお腹、もしかして……』

『ふふ、けっこう目立ってきたよね。ちょっと前から六カ月目に入ったの』

『やっぱり！　おめでとうございます！』

　彼女の腹部は明らかにふくらんでいた。安定期に入っているので、体調は落ち着いているという。仕事は無理のない程度に行って、適度に体を動かしているらしい。

『大くんには年明けに伝えたんだ。すっごくよろこんでくれて嬉しかった』

『雪村さんもついに伯父《おじ》さんになるんですね。性別はもうわかってるんですか？』

『うん。まだ確定じゃないけど、たぶん男の子だろうって』

『男の子！　楽しみですね』

　――ひかるさん、元気そうでよかった。

　二年前、彼女は慣れない旅館の仕事がストレスになり、過食症のような状態に陥《おちい》っていた。自覚したのちは心療内科に通い、治療を受けたおかげで、いまではほぼ症状が出なくなったという。過食をやめたことで体重は減り、肌荒れも治っていた。

『妊娠で体重はまた増えてきたけどね。太りすぎないようにしないと』

明るい色の着物を身にまとい、幸せそうにお腹を撫《な》でるひかるの顔に、もう以前のような陰《かげ》はなかった。仕事は大変だろうが、彼女には支えてくれる夫がいるし、頼もしい義理の両親もいる。そして夏には新しい命も生まれるのだ。

雪村家の人々はこれからも力を合わせ、この旅館を盛り立てていくのだろう。

そんなことを考えながら廊下を進み、ロビーに出たときだった。

「あ……」

二十三時を過ぎているため、周囲の照明はおさえられている。フロントは変わらず明るかったが、そのカウンターの前に立つ、見覚えのある老婦人は――

こちらの気配に気づいたのか、彼女はゆっくりと視線を動かした。

「誰かと思えばあなたですか。お風呂に入ってきたの?」

「はい。葉月さんは何を?」

「新しいお花を届けに来たのよ。これはいまでも私の仕事ですから」

静まり返ったロビーに、涼やかな声が響く。

フロントに近づくと、たしかに昼間に見たときとは、花器に活けられている花が違っていた。ほのかな香りを放つ、ひらひらとした紅《べに》色の花は椿《つばき》だろうか。

「寒椿よ。これもそろそろ時季が終わりますね」

「あと少しで三月ですから」

会話が途切れると、気まずい沈黙に支配された。

こういったときはどうすればいいのだろう。ここはあまり暖房が効いていないし、深夜に長居するような場所でもない。苦しまぎれに別の話題をふるよりは、おやすみなさいと言って客室に引き揚げたほうがよさそうだ。

「あの。もう時間も遅いですし、部屋に戻りますね」

会釈《えしゃく》をしてフロントから離れようとしたとき、「お待ちなさい」と呼び止められた。

「な、何か？」

「何かじゃありません。なんですかそのみっともない格好は」

「えっ」

眉間《みけん》にしわを寄せた葉月は、うろたえる碧の胸元に手を伸ばした。浴衣の衿をつかむ。

彼女の手がわずかに、碧の素肌に触れた。思わず目をしばたたかせる。ロビーは冷えるのに、葉月の手は不思議とあたたかい――むしろ熱いくらいに感じたのだ。

「衿合わせが逆じゃないの。これでは死装束《しにしょうぞく》になってしまうでしょう」

「ええっ」

碧はぎょっとして視線を落とした。湯上がりでぼんやりしながら着替えたため、そこまで気が回らなかったのだ。初歩的すぎる間違いが猛烈に恥ずかしい。

「人が少ない時間でよかったわ。そこにお手洗いがあるから直していらっしゃい」

「は、はい！」

あわててロビーのトイレに駆けこんだ碧は、手洗いカウンターの鏡の前で手早く帯をほどいた。夜中だし、そのまま戻っても大丈夫だろうと思うが、知ってしまった以上は一刻もはやくどうにかしたい。

「えーと……。さっきの合わせと逆にすればいいんだよね」

右の衿を先に合わせ、左が上。衿元をととのえてから帯を締め直すと、ようやく落ち着いた。これで堂々と外に出られる。

ほっとした碧は、最後にもう一度自分の姿を確認してからトイレをあとにした。葉月にお礼を言おうと思い、フロントのほうに目を向けて――

「葉月さん!?」

こちらに背を向けて座りこんでいる彼女を見つけ、碧は驚いて駆け寄った。カウンターに寄りかかるようにして体をあずけていた葉月は、うるさそうにこちらを見る。

「……大きな声を出さないでちょうだい。立ちくらみを起こしただけよ」

「大丈夫ですか？　どこか痛いところとか……」

「別にありませんよ。軽い貧血かしら。たいしたことではないわ」

腰を浮かせた葉月に手を貸そうとしたが、「けっこうよ」と断られる。ゆっくりと立ち上がった彼女は、少しふらつきながら歩き出した。

「ど、どちらへ？」

「帰宅するに決まっているでしょう。あなたもはやくお戻りなさい」

「でしたらお宅までお送りします。心配だし……」

「だから大丈夫だと言っているではないですか。しつこい子ね」

苛立《いらだ》つ相手をなんとか説得しようと口を開きかけたとき、背後から「どうかされましたか？」と声をかけられた。はっとしてふり向くと、旅館の法被をはおり、眼鏡をかけた大樹……いや瑞樹が近づいてくる。

事情を伝えると、彼は「わかりました」と答え、葉月の腕にそっと触れた。

「碧さんの言う通り、ひとりで帰らせるのは心配だよ。俺が送っていく」

「あなたはまだ仕事があるでしょう」

「ちょうど終わったところだよ。朝になっても具合が悪かったら、医者に診てもらったほうがいい。歳《とし》が歳なんだし」

「これくらい、一晩休めば治るわよ。年寄り扱いはやめなさい」

むっとして言い返す葉月にかまわず、瑞樹は彼女の腕をとったまま、その体を支えるようにして歩きはじめた。彼にまかせておけばひとまず安心だろう。

(明日にはよくなっているといいけど……)

足下から這《は》い上がってきた冷気に身震いした碧は、はやく部屋に戻ってあたたまろうとエレベーターのほうに向かったのだった。


そして、翌日。

窓の外には朝から雲ひとつない青空が広がっていたが、気温はいつ雪が降ってもおかしくないほどに低かった。

四季折々の景色が楽しめる中庭に面したお食事処で、碧が朝食のお味噌汁《みそしる》をすすっていたとき、大樹がこちらに近づいてきた。食事は実家のほうでとったのか、セルフサービスの緑茶をそそいだ湯呑みだけを手にしている。碧の向かいに腰かけた大樹は、口の端を上げて「おはよう」と話しかけてきた。

「ゆうべはよく眠れたか?」

「おかげさまでぐっすりと。今日はさらに寒いですねー」

「そうだな。外に出るときは厚着しろよ」

何気ない会話をかわしながら、大樹はテーブルの隅《すみ》に置いてあった箸《はし》箱を開け、箸を一膳とり出した。平皿に載せてあった碧のだし巻き玉子を一切れ強奪する。

「雪村さん、お行儀が悪いですよ?」

「美味そうだったからつい」

悪びれることなくだし巻き玉子を頰張《ほおば》った大樹は、不敵に笑ってそう言った。碧は拗《す》ねるように軽く唇をとがらせたが、別に怒っているわけではない。気の置けないやりとりが楽しくて、口元がゆるんでしまうのを隠すためだ。

(ふたりでニヤニヤしてたら怪しいよね? ここはぐっとこらえて……)

「変な顔してどうした。食べ過ぎて腹でも痛くなったのか?」

「わたしの辞書に『食べ過ぎ』なんて言葉はありませーん」

ささやかな幸せを噛《か》み締めていると、ふいに大樹が表情をあらためた。からかうような気配が消えたのを感じて、碧は手にしていた汁椀《わん》とお箸を置く。

「さっき瑞樹から聞いたんだけど、タマ、ゆうべお祖母さんと会ったんだって?」

碧は「はい」とうなずいた。

「お風呂上がりにフロントで……。葉月さんの具合はどうですか？」

「うーん……ゆうべから熱が出ていてさ。今朝もあんまり下がってないみたいだな」

思い返してみれば昨夜、ふとした拍子に触れた葉月の手はあたたかく、熱を持っているように感じた。あのときにすでに発熱していたのだろう。

「インフルエンザかもしれないし、これからかかりつけの病院に連れていこうかと」

「雪村さんが？」

「ああ。自由に動けるのは俺だけだからな。両親と瑞樹たちは仕事があるし。昨日父親が言ってたんだけど、うちの旅館、いま人手不足で大変らしいんだ」

眉を寄せた大樹は、「ということで……」と言いにくそうに続ける。

「申しわけないんだけど、今日の予定はいったんキャンセルにしてもいいか」

何事もなければ、これからふたりで周辺の観光をするつもりだったのだ。

大樹はすまなそうにしているが、身内に急病の人がいるのだから、そちらを優先するのは当然だ。碧は「気にしないでください」と明るく答える。

「観光はいつでもできますから、いまは葉月さんを病院に」

「悪いな」

「いえ。旅館の中だけでもじゅうぶん楽しめますよ。またゆっくりお風呂に入ろうかな」

朝食を終えてしばらくすると、大樹は父親から借りた車に葉月を乗せ、病院に向かったようだ。露天風呂につかってのんびりしたり、大浴場の近くにあるお土産物屋であれこれ物色したりして過ごしていたとき、大樹からのメッセージが届いた。

〈診察、終わったよ　疲労からくる発熱だろうってさ〉

インフルエンザや風邪ではなくて安心したが、あなどってはいけない。発熱は体力を奪い食欲も減退させてしまうから、葉月のような高齢者は特に注意が必要だ。

心配だったので、碧は大樹たちが戻ってきたとき、許可を得て離れをたずねた。

呼び鈴を鳴らすと、引き戸が開いて大樹があらわれる。

「お疲れさまです。葉月さんは？」

「部屋で寝てる。解熱剤をもらってきたから効くといいんだけど」

碧は玄関の奥に視線をやったが、部屋の中までは見えない。

「疲れて熱が出るなんて、何か体の負担になるようなことでもされたのかな……」

「本人に訊いたら、ここ何日か、遅くまで父親の仕事を手伝っていたって言ってたよ。事務のスタッフが少ないこと、お祖母さんも知ってるからさ。父親は大丈夫だって断ったみたいだけど、逆に怒られたって」

「怒られた？」

「大女将として、この状況は放っておけないって」

「……」

引退して隠居生活に入っていても、葉月はいまでも風花館の「大女将」なのだ。

彼女は雪村家の人々が仕事に忙殺される姿を見て、手を貸さずにはいられなかったのだろう。特に疲れていたのが大樹の父――自分の息子だと知ればなおさらだ。

以前に大樹から聞いた話によれば、雪村家の跡取り娘として生まれた葉月は、いずれ女将になる者として、幼いころから厳しく教育されたらしい。将来は旅館を背負って立つという責任感と覚悟が、彼女の気質を形成していったのだろう。

成長して若女将となり、婿《むこ》をとった葉月は、夫との間に三人の子を儲《もう》けた。しかし、無事に育ったのは二番目に産んだ息子、すなわち大樹の父だけだった。最初の息子は赤ん坊のうちに、末の娘は五歳になる前に病気で亡くなったそうだ。

ただひとり丈夫に育った息子は、葉月にとっては何にも代えがたい宝だろう。目に見えるような溺愛《できあい》はしていなくても、深い愛情を抱いているのは間違いない。息子の負担を少しでも軽くしようと、熱が出るまで助けたくらいなのだから。

「ちょっとオーバーワークだったな。昔ならいざ知らず、もう八十代なんだし」

「そうですね……」

「本人は寝てれば治るって言ってたけど、もう少し熱が下がるまでは誰かがそばにいたほうがいいと思う。だから俺が残るよ」

「わかりました」

　碧が答えたとき、背後に気配を感じた。

　ふり向くと、昨夜とほぼ同じ格好をした瑞樹が駆け寄ってくる。

「兄貴、ちょっと相談が」

「どうした?」

「さっき連絡があってさ、厨房《ちゆうぼう》担当の人がひとり来れなくなったんだよ。なんでも急に親戚が亡くなったから、葬儀に出ないといけないらしくて」

「そうなのか……。厨房の人数もぎりぎりだったよな」

「料理長は出勤してるし、ひとり欠けてもなんとか回るだろうとは思うけど。今日は団体客の受け入れがあって、宿泊客が多いんだよ。だから兄貴の手を借りられたらと」

　遠慮がちに頼んできた弟に、大樹は「もちろんだ」と即答する。

「困ったときは助け合わないとな。厨房の手伝いならいくらでもできる。下ごしらえでも皿洗いでもなんでもやるぞ」

「よかった。恩に着る」

「あ、でもお祖母さんはどうするか……」

「あの……。もしよければわたしがここにいましょうか」

碧の申し出に、大樹と瑞樹が顔を見合わせる。

「雪村さんの代わりに、わたしが葉月さんの看病をします。もし何かあったらすぐに連絡しますから」

「いいのか？」

「葉月さんが心配なのはわたしも同じだし……。困ったときには助け合いですよ」

さきほどの大樹の言葉を繰り返すと、彼は感じ入ったような表情で「ありがとう」と微笑んだ。瑞樹は「お客さんにそこまでさせるわけには」と戸惑っていたが、自分がやりたいのだと伝えると、最終的には納得してくれた。

「じゃあちょっと行ってくるから」

「祖母のこと、よろしくお願いします」

旅館に戻っていく兄弟の背中を、碧は笑顔で見送った。


大樹と瑞樹の姿が見えなくなると、碧はおそるおそる平屋に足を踏み入れた。

「お邪魔します……」

小声でつぶやき、靴を脱いでそっと上がる。しんと静まり返ったそこは、自分の住むマンションとも、大樹が暮らす東京の家とも違う、ほのかなお香の匂いがした。

(向かって右側が台所と居間で、左側が寝室だったよね)

碧は音を立てないよう気をつけながら、寝室の引き戸を開けた。和箪笥《わだんす》や鏡台が置かれた八畳《じょう》ほどの和室に布団が敷かれ、葉月が横たわっている。彼女の額《ひたい》には大樹が置いたと思しき、水で濡らした手ぬぐいがあった。

(まだ冷たいかな?)

枕元で膝を折り、手ぬぐいをそっととり上げる。パンダ模様のそれは、葉月の趣味としては意外で可愛《かわい》らしい。ぬるくなっていたので冷やそうと思ったとき、小さく身じろぎした葉月がまぶたを開いた。碧を見て怪訝《けげん》そうな顔になる。

「あ、お目覚めですか?」

「……なぜあなたがうちにいるの」

「雪村さ……大樹さんの代わりです。厨房に欠員が出て、大樹さんが手伝うことになったので。わたしは手が空いていますから」

「ひとりでも大丈夫だと言っているのに」

「そういうわけにはいかないんです。わたしには、大樹さんから看病をまかされたっていう責任がありますから。投げ出すことはできません」

心配だからというよりは、こう言ったほうがいいような気がした。

責任という言葉が効いたのか、葉月は「そう」とだけ答えた。帰りなさいとは言われなかったのでほっとする。看病という「任務」はまっとうさせてくれそうだ。

「この手ぬぐい、パンダなんですね。可愛い」

「毬子さんからいただいたのよ。なぜか私のぶんまで買ってきて。私の趣味ではないけれど、使わないのはもったいないでしょう」

好みに合わなくても、手放したり箪笥のこやしにしたりせずに使うのか。なんだかんだ言って、葉月も毬子のことは嫌いではないのだろう。

「体調はいかがですか？」

「ひと眠りしたら、さっきよりは楽になりました。熱はまだあるようね」

言いながら、葉月はゆっくりと上半身を起こした。

「寝間着が汗で湿って気持ちが悪いわ。申しわけないけれど、着替えたいから少し手を貸してくださる？」

「おまかせください！」

碧は葉月の指示通り、和箪笥の引き出しから替えの寝間着をとり出した。彼女が着替えている間に、洗面所で手ぬぐいを冷やす。声をかけてから寝室に入ると、新しい寝間着に袖を通した葉月が、下ろした髪を櫛《くし》でせっせと梳《と》かしていた。

「ああいやだ。汗でべたついちゃって……。はやくお風呂に入ってさっぱりしたいわ」

「熱が下がれば入れますよ」

体調が悪くても身なりを気にするとは。その美意識の高さは見習いたい。

「そろそろお昼ですけど、何か召し上がりますか？」

「食欲はあまりないのだけれど……」

「少しでもお腹に入れたほうが、体力がついて回復もはやまると思いますよ。お粥《かゆ》とかおじやとか。台所をお借りできれば何かおつくりします」

「そうね……。では、軽くいただこうかしら。台所にあるものは好きに使っていいわ」

「ありがとうございます」

許可を得た碧は、寝室を出て台所に入った。あまり広くはないが、一通りの調理器具はそろっている。続けて冷蔵庫の中と棚を見て回り、置いてある食材を確認した。

（こういうときは、食べやすくて栄養もとれるものがいいよね。下ごしらえにちょっと時間がかかるけど……）

考えているうちにひとつの料理が浮かんだが、一品足りないものがある。それがなくてもつくることはできるのだが……。

(ダメ元で頼んでみようかな)

大樹にメッセージを送ってみると、すぐに返信が来た。厨房にあるからとりに来てもいいとのことで、コートをはおってそちらに向かう。厨房の裏口には板前のような白い服を着た大樹が立っており、碧が頼んだ大根の輪切りを手渡してくれる。

「皮は剝《む》いておいた。これくらいあれば足りるだろ」

「ありがとうございます」

「大根おろしを入れるなら、軽く水気を切ってからにしろよ。スープは少し濃い目に味つけしておいたほうがいい」

「了解です!」

大根とアドバイスを受けとって、戻ろうとしたときだった。

突き刺さるような冷気の中、晴れた空から、はらりと白いものが降ってくる。

「雪?」

「こういうのを風花って呼ぶんだよ。たぶんすぐに止むだろうけど」

はかない花びらが風に舞うような光景は、幻想的でとても美しい。

なんだか縁起のいいものを見たような気分になりながら、碧は平屋に戻っていった。

「――葉月さん、エプロンを貸していただきたいんですけど……」

「そんなものありませんよ。割烹着を使ってちょうだい」

葉月から借りた割烹着をつけた碧は、きれいに手を洗ってから調理をはじめた。

(まずは鶏肉《とりにく》!)

冷蔵庫に入っていた鶏挽《ひ》き肉は、みじん切りにした長ネギと生姜《しょうが》、そして調味料と合わせてボウルの中で練っていく。ここに少しの味噌を加えれば、できあがった肉団子にコクが出て、風味もよくなるのだ。もちろん大樹の受け売りだけれど。

肉団子の下ごしらえが終わると、続けて白菜と春菊をざく切りにした。

豆腐も切り分け、生の椎茸《しいたけ》は石づきをとって、笠の部分に飾り包丁を入れる。ニンジンは花の形にしたかったのだが、あいにくここには抜き型がなかった。それでもあきらめきれず、以前に大樹から教わった方法を思い出し、包丁で切りこみを入れていく。

「うう……むずかしい」

仕上がった花形ニンジンはかなり不格好だったけれど、なんとか花には見えるのでよしとする。具材の用意を済ませてから、碧は市販の白だしと水を土鍋にそそぎ、コンロの火にかけた。

スープが煮立ったところで、肉団子と野菜を投入してさらに加熱していく。

「ああ……いいなぁ。やっぱり冬はこれだよ」

白い湯気を立ちのぼらせて、ぐつぐつと音を立てる土鍋を見ていると、お腹の虫が盛大に鳴きはじめた。ふんわりとただよってくる上品な白だしの香りに、肉団子のジューシーな香りが複雑に絡み合う。

冷凍庫には小分けにして保存されていたご飯があったし、鍋を楽しんだあとには雑炊で締めてもいいだろう。最初に入れた白だしと、じっくり煮込まれた具材から溶け出した旨味が混ざり合ったスープは、それだけで立派なごちそうだ。

「――おっと、大根大根」

恍惚《こうこつ》としていた碧は、我に返っておろし金を手にとった。

厨房から分けてもらった大根をすりおろすと、お皿の上にこんもりとした白い山ができる。渡されたものは葉に近く甘さの強い部位だったので、辛みの少ない大根おろしになるだろう。鍋に入れる前に大樹のアドバイス通り、水切りをしておく。

(こんなものかな?)

豆腐と白菜の葉を加えて軽く煮てから、最後に春菊と大根おろしを入れ、蓋《ふた》をしてひと煮立ち。ミトンをはめて蓋を開けると、いい香りの湯気がもわっとあふれ出した。見ているだけでも体があたたまりそうな光景に、自然と笑みがこぼれる。

――葉月さんの口に合うといいな。

人の心は目に見えないものだけれど、誰かのことを考えてつくった料理には、その思いも溶けこんでいる。少しでも伝わってほしいと願いながら、碧はできあがった鍋の中身をとり分けはじめたのだった。


あたたかい蒸しタオルで顔を拭《ふ》くと、ようやく気持ちがすっきりしてきた。

(あれしきの仕事量で熱を出すなんて……。私も歳をとったものね)

布団の上に体を起こしたまま、葉月は大きなため息をついた。

認めたくはないけれど、以前よりも疲れやすくなったのは事実だったし、食事の量も年々、少しずつだが減っていた。年齢を考えればしかたのないことだとは思うが、心身の衰《おとろ》えはこれからさらに加速していくのだろう。それが老いというもの。

タオルをお盆の上に置いたとき、これを持ってきてくれた相手の顔が頭に浮かんだ。

『お風呂はまだ無理ですけど、少しはさっぱりするかなと思って』

(あの子、なんだか大樹によく似ているわ)

年齢や性別、顔立ちはもちろん、育った環境もまったく違う。それでも大樹と碧は、内に秘めた気質が驚くほど似通っている。だからこそ惹《ひ》かれ合ったのかもしれない。

はじめて会ったときから、碧には優しい言葉などほとんどかけていない。萎縮《いしゅく》して会いたがらなくなってもおかしくないのに、積極的にかかわり気遣ってくれるとは。

(人がよすぎるせいで、あなどられたり騙《だま》されたりしなければいいけれど)

苦い記憶がよみがえり、葉月は思わず眉を寄せた。

もう四十年も前に亡くなったが、葉月の母は自他ともに厳しい人で、従業員はいつも彼女を恐れていた。いまよりも愚直でお人よしだった自分は、恐怖で部下を従わせるような母のやり方に疑問を抱いていた。

そして母が他界し、葉月は満を持して女将の座に就いた。母のようにはなるまいと、従業員にはできる限り優しく、おだやかに接していたのだが……。

(私はあなどられてしまった)

自分が陰で馬鹿《ばか》にされていたことを知ったときは、全身から血の気が引いた。

人の上に立つ者は、温厚で優しいだけではだめなのだ。部下たちの気を引き締め、ひとつにまとめ上げるためには、ときに無情な選択もしなければならない。そうでなければ秩序が乱れ、あっという間にだらけてしまうのだ。

緊張感が薄れた従業員のミスが増え、宿泊客の評価も下がってしまったことで、葉月はそれを思い知ったのだった。

他人に対する情けはいらない。常に厳しくあらねば、またつけこまれてしまう。

そうこうしているうちに、気がつけば四十年。いまの自分は、かつての自分が毛嫌いしていた母のような女になってしまった。ここまで凝り固まってしまうと、さすがにどうすることもできないだろう。

(あの子たちはこれからどうなっていくのかしらね)

まだ若い孫たちに思いを馳《は》せていたとき、出入り口の引き戸がすっと開いた。葉月の割烹着に身を包んだ碧が、遠慮がちに顔を見せる。

「葉月さん、食事ができました。召し上がりますか?」

「ええ、そうね。お手数だけどこちらに持ってきていただける?」

「わかりました」

しばらくして、碧はふたたび寝室にやって来た。漆《うるし》塗りのお盆の上には、湯気を立てる鍋用のとり分け皿———とんすいと、レンゲが一本載せられている。

「いったい何をつくったの?　お粥?」

「お鍋です。お粥よりは栄養がとれるかなと思って」

畳の上に膝をついた碧は、「どうぞ」と言って、とんすいを葉月に手渡した。

「鶏肉団子のみぞれ鍋です」

「大根おろしが入っているお鍋ね。雪見鍋とも言ったかしら」

「はい。大根おろしには消化を助ける作用があるって聞いたので。お肉は力がつくと思うし、お野菜もたっぷり入れました。体もあたたまりますよ」

「大根はうちになかったはずだけれど」

「実は雪……大樹さんにお願いして、厨房から分けていただきました」

下の名を呼び慣れていないのか、碧は少しだけはにかむ。初々《ういうい》しいことだ。

(ニンジンが花形だわ……)

台所にこのような抜き型はないから、碧が自分で飾り切りをしたのだろう。不慣れなのが丸わかりの不格好な形だったが、不思議とそれが愛らしい。

「それじゃ、いただきましょうか」

レンゲを手にした葉月は、具材の中でその存在を大きく主張している肉団子をすくい上げた。何度か息を吹きかけて冷ましてから、ゆっくりと口に運ぶ。

熱々の肉団子を噛み締めた瞬間、中に染みこんでいたスープと肉汁が、口の中にあふれ出た。生姜の風味を感じるから、肉団子に練りこまれているのだろう。

スープは大根おろしを加えることで、さっぱりとした口当たりに。豆腐はつるりとしていて喉越しがよく、じっくり煮こまれた野菜はやわらかくて食べやすかった。朝食をほとんどとっていなかったので、熱いスープが空腹に染み渡る。

完食するころには体のすみずみまで栄養が行き届き、力が湧いてくるのを感じた。

「ごちそうさまでした」

やがてレンゲを置いた葉月は、緊張の面持ちでこちらを見つめる碧に告げた。

「とてもおいしかったわ。ありがとう」

「！」

「やっぱり冬はお鍋に限るわね。体の芯からあたたまります。ところでこれ、お代わりはあるのかしら」

そう言った瞬間、碧の表情が見るもあらわに輝いた。

「もちろんです！　たくさんつくりましたから」

「それならあなたもお食べなさい。昼食はまだとっていないわよね？　棚の奥にカセットコンロがありますから、ここであたため直して一緒にいただきましょう」

「よろこんで……！」

その後、葉月は碧とふたりで残りのみぞれ鍋を堪能《たんのう》した。

碧は最初、葉月の目を気にしてマナーに気をつけていたが、こんなときまでうるさく指摘するつもりはない。好きなように食べなさいと言うと、ようやく肩の力を抜き、大きな口を開けて具材を頬張った。大樹は彼女が食事をする姿を気に入っているようだが、本当においしそうな表情で食べるので、見ていて気持ちがよい。

「健啖家《けんたんか》なところも大樹と似ているのねえ……」

「?」

「なんでもありませんよ。ところで毬子さんから聞いたのだけれど、碧さんはカレーがお好きなんですってね。だから昨日、昼食につくったのだとか」

「はい。毬子さんのカレー、スパイシーでとってもおいしかったです。また食べたいな」

食事の手を止めた碧は、そのときのことを思い出しているのか、うっとりしながら答える。自分にその話をした毬子は『碧ちゃんがもっとよろこんでくれるように、次に会うときまでには腕を上げておきたいんですよ』と言っていた。

自分がつくった料理を、このような表情で平らげてもらえるのなら……。

(カレーね……)

洋食には詳しくないけれど、少し研究してみてもいいかもしれない。

そんなことを考える葉月の口元には、いつの間にか微笑みが浮かんでいた。

第4話　18時20分の肉じゃが

「では、今日はここまでにしましょう。お疲れさま」

「ありがとうございました」

リクルートスーツに身を包んだ碧《あおい》は、四十代ほどの女性教員に向けて頭を下げた。

「実はけっこう詰めこみなんだけど、大丈夫?」

「は、はい。なんとか」

「一度で覚えろとは言いません。いまはとりあえず、最低限のことだけ身に着けておけばいいですよ」

講義をしてくれた女性は、来月からこの学校で働きはじめる碧のために、高等部の校長が任命した教育係だ。碧はこれから一年間、数学の教科主任である彼女の下で、授業の進め方や生徒の指導方法などについて学んでいく。

「今夜も冷えるみたいだから、体調には気をつけてね」

教科主任が教室をあとにすると、碧は大きく息を吐いた。誰も見ていないのをいいことに、その場で「うーん」と伸びをする。

(研修、もう半分過ぎたんだなー……)

大樹《だいき》の実家をたずねた箱根《はこね》旅行から戻ってきて、はやいものでそろそろ十日。暦《こよみ》は三月となり、勤務予定の学校では二週間の新任研修がはじまった。

今回の募集には二十名ほどの応募があり、採用されたのは碧を含めてふたりだけ。もうひとりは三十一歳の男性で、内定後の説明会で一度だけ顔を合わせた。

彼は新卒ではなく、大学卒業後は非常勤の講師として、複数の高校で教鞭《きょうべん》をとってきたそうだ。そんなときにこの学校の募集を知り、専任教諭になれるチャンスと思って面接を受けたらしい。

『ああよかった。これでやっと収入が安定する。婚約者とも安心して籍《せき》を入れられます』

碧は将来性を期待されたが、彼はその豊富な経験を買われたのだろう。新卒の碧は学校が育て、経験者の彼には即戦力を求める。そんな方針なのだ。

(研修を受けるのもわたしだけだしね)

もうひとりの彼は、現在の職場と三月末まで契約している。経験者であれば、事前の研修がなくても大きな問題はないだろうと判断されたようだ。逆に碧は基礎の基礎から学んでいかなければならないため、こうして通っている。

(それにしても、覚えることがいっぱい……。めまいがしそう)

碧は机の上に広げたノートに視線を落とした。ページは講義中に書き留めたメモでぎっしり埋まっている。教育実習のときにだいたいの流れは把握したつもりだったが、とんでもない。自分が垣間《かいま》見たのは、膨大な仕事のほんの一部に過ぎなかったのだ。

こんな調子でやっていけるのか不安だったが、後ろ向きになっている場合ではない。先生方は通常業務のかたわら、研修のためにこの空き教室まで来てくれているのだ。貴重な時間を割いてもらっているのだから、こちらも応《こた》えなければ。

(今夜また、都築《つづき》さんの映像授業で研究しよう……)

都築が勤める大学予備校では、PRの一環として、講師の授業を無料でネット配信している。その中でも都築が担当する数学の授業は非常にわかりやすく、かつ要点もおさえているため人気があった。

(欲を言えば本人から直接コツを訊《き》いてみたいけど、さすがにそれはね……)

都築に告白されたあの日から、もうすぐひと月。「ゆきうさぎ」の暖簾《のれん》を彼がくぐることは、いまだになかった。

小さなため息をついた碧は、静かにノートを閉じた。シャープペンシルと消しゴムをペンケースに戻す。本革を使ったスカイブルーのペンケースは、昨年のクリスマスに大樹から贈られたものだ。同時に碧がプレゼントしたフォトフレームは現在、「ゆきうさぎ」のカウンターの上に置かれ、先代の女将《おかみ》が写真の中で微笑《ほほえ》んでいる。

就職しても使えるようにと、大樹はこのペンケースを選んでくれた。見つめていると彼がそばで応援してくれているような気分になって、心が落ち着くお守りだ。

「よし、頑張ろう！」

碧は自分の頬《ほお》を両手で叩き、気合いを入れた。ノートとペンケースをビジネスバッグの中にしまい、椅子《いす》を引いて立ち上がる。コートをはおって教室を出たとき、校内にチャイムの音が鳴り響いた。中高生時代を思い出すなつかしい音色だ。

学期末の試験はすでに終わり、現在は午前中のみ授業を行っている。この時間は帰宅した生徒が多かったが、部活動や補習などで残っている子たちもいた。教員は多少の手が空くため、それを利用して碧の研修が組みこまれたのだ。

近くにあった理科準備室のドアが開き、中からひょろりとした体型の男性教員があらわれた。白衣を着て眼鏡をかけた、少し気むずかしそうな先生だ。碧の姿に気づいて目礼してくれた相手に、感謝をこめてお辞儀を返す。

――あの先生とも、来月から同じ職場で一緒に働くことになるのだ。

反対方向に去っていく教員の背中を見送っていると、その彼とすれ違い、丸めた模造紙をかかえたふたりの生徒が近づいてきた。

彼女たちがまとうのは、紺《こん》色のブレザーにチェックのプリーツスカート。中等部は胸元にリボンをつけるが、高等部に上がるとネクタイに替わる。彼女たちは来客用のバッジをつけた碧を見ると、立ち止まって会釈《えしゃく》してくれた。

「こんにちは。部活ですか？」

「いえ、生徒会です。明日が卒業式なので教室の飾りつけを」

ふたりが通り過ぎると、今度は背後からばたばたと足音が聞こえてきた。水色のジャージを着たショートカットの生徒が、碧の横を風のように駆け抜けていく。

「廊下は走らない！」

「すみませーん」

白衣の教員が叱《しか》っても、ジャージの彼女はどこ吹く風だ。見かける生徒の中に男子がひとりもいないのは、ここが女子校だからである。

（来月からは、あの子たちの授業を担当することになるのかも）

廊下ではじけるような笑い声が響いた。近くを通った若い女性教員が、苦笑しながらたしなめる。いまはまだ傍観者のような気分だが、この光景はいずれ日常となり、自分も溶けこんでいくのだろう。

階段で一階に下りた碧は、事務室で手続きをしてから外に出た。

中高一貫教育を売りにした学園の敷地には、立派な桜の木が何本か植えられている。開花はもう少し先だが、月末ごろには満開の花を見ることができるはず。花壇では菜の花が咲いており、可憐《かれん》な黄色い花弁が揺れていた。

ふいにひんやりとした風が吹き抜け、碧は小さく身震いした。

(今日はちょっと寒いなぁ。昨日はあたたかかったのに)

三月に入ったとはいえ、上旬はまだ肌寒く感じる日も多い。少し前に春一番が吹いたから、寒の戻りなのかもしれなかった。

けれど季節は確実に、春に向かって進んでいる——

「あ、そうだ」

門に向かって歩き出しかけた碧は、バッグの中を探ってスマホをとり出した。研修中はミュートにしているため、着信があってもわからないのだ。画面を確認するとメッセージが届いていたので、アプリを開く。

〈いま研修中？　終わったら連絡して〜〉

一時間前に受信していたメッセージの送信者は、大学で知り合った親友のひとり、真野《まの》玲沙《れいさ》だった。手早く返信を打つと、すぐに新しい文章が表示される。

〈今日はバイト？〉

〈うん〉

〈じゃあ開店したらそっちに行ってもいい？　実はいま、ことみとふたりで買い物してるんだよね　久しぶりに『ゆきうさぎ』で飲みたくなっちゃってさ〉

どうやら玲沙は、もうひとりの親友である沢渡《さわたり》ことみと一緒らしい。彼女たちも、いまではすっかり「ゆきうさぎ」の常連だ。

〈何時に来る？　カウンター席確保しとくよー〉

それから数度のやりとりを経《へ》て、話がまとまった。碧はスマホをコートのポケットに入れようとしたが、ふと思い立ち、今度はスケジュールアプリを開く。「ゆきうさぎ」のバイトがある日は、月間カレンダーにスタンプでしるしをつけているのだ。

三月のカレンダーに押された、ピンク色のうさぎのスタンプ。

それが翌月になると、ひとつもなくなる。

最後のしるしがついているのは、三月三十日。末日も入りたいと伝えたのだが、当の大樹には断られてしまった。彼は『四月から新しい職場になるんだし、体を休めておいたほうがいい』と言って、シフトを調整したのだ。

たしかにぎりぎりまで働いて、肝心なときに体調を崩してしまったら元も子もない。碧は大樹の意見を受け入れ、最終日を決めたのだった。

新しい職場や仕事は、緊張しつつも楽しみだ。

だがそれは、いまのバイトが終了した上で得られるもの。ずっと前からわかっていたのに、いざそのときが近づいてくると、なんとも言えない寂寥感《せきりょうかん》を覚える。

（でも、『ゆきうさぎ』にはいつでも行ける。何もバイトじゃなくたって）

お店は変わらず同じ場所にあるし、暖簾をくぐれば大樹もいる。

変化したのは自分のほうなのだ。そしてそれは、ほかでもない自分が選んだ道。

このままバイトを続けたい、辞めたくないと思ってしまうほど、「ゆきうさぎ」での仕事は楽しく充実していた。男女を問わず、さまざまな年齢や立場の人と知り合い、心を通わせることもできた。そんな職場で働けたことは、間違いなく幸せなのだ。

最後まで悔いなく過ごせるように、残された日々を大事にしよう。

スマホを胸に抱いた碧は、しっかりと前を向いて歩きはじめた。


玲沙とことみが来店したのは、開店して間もなくのことだった。

「こんばんはー。疲れたぁ」

「いらっしゃいませ……ってどうしたの。すごい荷物！」

両手に大量のショッパーバッグを提げたふたりを見るなり、碧はもちろん、カウンターの内側にいた大樹も目を丸くした。赤いメタルフレームの眼鏡をかけた玲沙は、げっそりとした表情で口を開く。

「さっき言ったでしょ。買い物だよ」

「それにしてもすごいね。どこかでセールでもやってたの？」

「いや。実はこれ、ほとんどことみの戦利品。私は靴下《くつした》しか買ってないんだよ？」

まだお客が少ないとはいえ、さすがにこれだけの買い物袋を店内に置くわけにはいかない。ナマモノは入っていないということなので、大樹の許可を得て、スタッフ用の休憩室であずかることになった。

荷物の中には洋服や雑貨のお店の紙袋もあったが、特にかさばっていたのは、碧もよく知る大手百円ショップのロゴがついた複数のポリ袋だ。

袋の口からのぞいているのは、キッチン用のカラフルなスポンジや、プラスチックの三角コーナー。お風呂で使う手桶《ておけ》や洗面器も入っている。大小さまざまな収納用のボックスも買ったらしい。どうりで袋が大きいはずだ。

「昨日、無事に引っ越しが終わってね。今日は買い出しに行ってきたの」

「私はことみお嬢さまのお供で、荷物持ちにされたってわけ」

カウンター席に腰かけたふたりが、口々に説明する。

急須の茶こしにほうじ茶の葉を入れながら、碧は彼女たちの話に耳をかたむけた。

「そもそもさー、買い出しなら車で行けばよかったじゃん。免許持ってるんだから」

「免許はあるけど車はないもの。貯金は当面の生活費に充《あ》てたいし」

「ふうん、親にねだって買ってもらわなかったんだ」

「そこまでしてもらうわけにはいかないよ。これからは自分が稼いだお金で生活していくんだから。家を出たら親には甘えないって決めたしね。どうしても車が必要になったときは、自分でローンを組んで買うよ」

「おお、えらい！　なんだかんだ言って自立しつつあるんだねえ」

「来月から社会人になるんだし、いつまでも学生気分じゃ困るでしょう」

微笑んだことみは、碧から受けとった湯呑《ゆの》みに口をつける。

世田谷《せたがや》のお屋敷で両親と住んでいた彼女は、昨日ついに家を出て、待望のひとり暮らしをはじめた。彼女はこのためにバイトをして、コツコツと資金を貯めていたのだ。

「でも、実家にいたときみたいに贅沢《ぜいたく》はできないよ？」

「そうだね。でも頑張るよ、節約生活」

「節約料理のレシピだったら、この玲沙さまにまかせなさい」

ことみは裕福な育ちゆえに世間知らずなところもあるけれど、大学に入ったばかりのころとくらべれば、地に足が着いてきたと思う。彼女も四月から都内の私立女子校に勤めるわけだし、しっかりしてきたのはよろこばしいことだ。

一方の玲沙は大学に進学するため静岡から上京し、それからずっとひとり暮らしを続けている。碧が急病で受けられなかった教員採用試験にみごと合格し、社会科の教諭として都内の公立中学校に配属されたそうだ。

玲沙の母はシングルマザーとして三人の子どもを育て上げ、来月には交際している男性と、めでたく再婚するらしい。玲沙は大学を、双子の弟は高校を卒業するため、第二の人生をスタートさせるにはちょうどいいタイミングだ。

『母のことは新しい旦那にまかせて、私は東京でバリバリ働く！』

生徒たちの教育に情熱を燃やす玲沙は、きっと頼もしい先生になるに違いない。

「仕事で疲れたときは、夕飯をつくる気力もなくなるだろうけど……」

お通しのなめろうを盛りつけたお皿を出しながら、大樹が口を挟んでくる。

三枚におろした鯵《あじ》の身を、みじん切りにした長ネギと青じそ、そして味噌《みそ》や生姜《しょうが》と合わせて細かく叩いた料理は、居酒屋では定番の一品だ。房総《ぼうそう》半島の沿岸部で生まれたとされる郷土料理で、ねっとりとした食感と薬味の香りが癖になる。

千葉県の木更津《きさらづ》市で生まれ育った碧の父曰《いわ》く、実家にいたころはよく食卓にのぼっていた料理らしい。肉じゃがの次に好きだというから、ときどき夕食に出している。

「そんな日はいつでも『ゆきうさぎ《うち》』に来るといい。美味《うま》い料理と酒があるから」

「なんて素敵なお誘い……。玉《たま》ちゃんの彼氏じゃなかったらときめいてたかも」

「こ、ことみ!?」

あわてた碧は、大樹を彼女の目から隠すようにして立ちはだかった。

「雪村《ゆきむら》さんはだめだからね。ことみ、美人で可愛《かわい》い上に頭もいいからモテるんだもん。ライバルになったらかなわないよ！」

焦りまくる碧の姿がおかしかったのか、ことみがぷっと噴き出した。玲沙は遠慮なく爆笑し、大樹まで笑いをこらえて肩を震わせている。

「冗談に決まってるじゃん。ほんと、いいリアクションしてくれるわ」

玲沙が目尻の涙をぬぐえば、ことみも満面の笑みでうなずく。

「いくら格好よくても、友だちの彼氏は対象外だよー。玉ちゃん、本気にしちゃって可愛い。しかもライバルとか言いながら、わたしのこと褒《ほ》めてくれてるし」

「そういうところはタマらしいな」

「うう……。だってほんとのことじゃないですか……」

拗《す》ねた碧がくるりと背を向けると、苦笑した大樹がふたたび声をかけてきた。

「沢渡さんはたしかに男にもてるだろうなとは思うけど。俺が好きなのはタマだけなんだけどな」

碧は勢いよくふり向いた。嬉《うれ》しさと恥ずかしさで顔が熱い。たぶん真っ赤だ。

「ゆ、雪村さん。人前でそんな」

「本当のことだから」

さきほどよりもさらにうろたえる碧に、大樹は余裕の笑みを浮かべながら言った。そんな自分たちを、玲沙は「お熱いことで」とからかいながら、ことみは「仲いいねえ」と微笑ましそうに見つめている。

「いつの間にかラブラブじゃん。ちょっと前までじれったいくらい控えめだったのに」

「それはそうだよ。だってもう一緒に旅行まで行く仲なんだから」

玲沙が肩をすくめると、ことみが笑顔で続ける。

「しかも雪村さんの実家にうかがって、ご両親にも引き合わせてもらったわけだし。別に反対とかはされなかったんでしょ?」

「うん。雪村さんのお母さん、おいしいカレーをごちそうしてくれたよ。お祖母《ばあ》さんは厳しい方だけど、帰るときには見送ってくださったし……」

疲労で体調を崩し、碧が看病した祖母の葉月《はづき》は、翌日になると熱も下がって回復していた。お風呂に入ってさっぱりしたのか、いつもより少しだけ機嫌がよく見えた彼女は、病み上がりにもかかわらず見送りに来てくれたのだ。

『昨日は見苦しい姿をさらしてしまったわね。看病までしていただいて』

『いえ。お元気になられてよかったです』

碧が胸を撫《な》で下ろしていると、葉月は手にしていた小さな平袋を差し出した。

戸惑いつつも受けとった袋の中に入っていたのは、ガラス細工のとんぼ玉がついた一本の飾り紐《ひも》。よく見れば、小さなキャンディのようなとんぼ玉の中では金魚が泳ぎ、ピンクや水色の朝顔が咲いていた。

『これは……』

『帯締めです。手持ちの中から、若い方がお好きそうなものを選びました。夏向けのデザインですから浴衣の帯につけるといいでしょう。あなたが気に入れば、ですが』

まさか葉月から贈り物をされるとは思わず、碧は大きく目を見開いた。

『わたしにくださるんですか？』

『昨日つくっていただいた、みぞれ鍋のお礼です。新品でなくて申しわけないけれど』

『そんなことありません！　嬉しい……！　ありがとうございます』

よろこびに声をはずませると、彼女はかすかに口元をほころばせながら『いつでも遊びにいらっしゃい』と言ってくれた。雪村家の人々のあたたかい心遣いに感謝しながら、碧は幸せな気分で帰路に就いたのだった。

（あの帯締めは、今年の花火大会に行くときに着る浴衣につけよう）

昨年の夏、大樹と一緒に花火を見たとき、来年もふたりで行こうと約束したのだ。それまでに浴衣の着付けをマスターしておきたいのだが、葉月にお願いしてみようか。厳しいながらもわかりやすく教えてくれそうだ。

「姑《しゅうとめ》だけじゃなくて、大姑まで懐柔《かいじゅう》したのか……。何気にすごくない？」

「もういつゴールインしても大丈夫だねえ」

わざとらしく咳払《せきばら》いをした碧は、友人たちの前にお品書きをつきつけた。

「まだお通ししか出していませんよー。ご注文をお願いしまーす」

「照れてる照れてる」

「ま、これくらいで勘弁してやるか」

こちらの反応に満足したのか、玲沙とことみはからかうのをやめて料理とお酒を注文する。ふたりが頼んだビールとライムサワーの準備をしながら、碧は揚げ油をそそいだ鍋に衣をつけたメンチカツを投入していく大樹の横顔をちらりと見た。

彼が料理をしているときの、真剣な表情が好きだ。ご飯をおいしそうに食べる姿を見ているとこちらまで元気になってくるし、何事にも真面目に取り組み、誰に対しても分け隔てなく、誠実に対応しようとするところは尊敬している。

そんな素敵な人が自分を好きになってくれたのだと思うと、とても嬉しくて誇《ほこ》らしい。

（このまま雪村さんとつき合い続けていれば……って考えたことはあるけど）

お互いに生涯の伴侶となることを誓い、ずっと一緒に歩いていけるのなら、これほど幸せなことはない。いずれはそうなればいいなとは思うが、いますぐその証《あかし》がほしいかと訊かれたら、否《いな》と答えるだろう。

自分はまだ、広大な社会の入り口に立ったばかり。教員として学ばなければならないことは山ほどあるし、しばらくはめまぐるしい日々が続くはず。

最愛の人と新しい家庭を築くのは素晴らしいことだが、それを考えるのは一人前の社会人となり、相応の経験を積んだ大人に成長してからのほうがいいと思う。自分は大樹よりも年下だが、生涯をともに過ごすのなら、相手に頼りすぎずに対等でありたい。そのためにはまず社会に出て働き、自分で自分を養えるようにならなければ。

未来がどうなっていくのかはわからない。けれど願わくは、何年後であっても自分の隣を歩いているのは、常にこの人であってほしい――

大樹はこんがりと揚がったメンチカツを菜箸《さいばし》でつまみ上げ、こちらを見る。

「どうした？　手が止まってるぞ」

「揚げ物をする雪村さんに見とれてました」

「俺じゃなくてメンチカツが目当てなんじゃないか？」

「バレたか」

にやりと笑ってみせると、大樹は「賄《まかな》い用にひとつとっておくか」と答える。仕事中にこのようなやりとりをかわせるのもあと少し。些細《ささい》なことにもさびしさを感じてしまうけれど、その感情を表に出すことはせず、碧はつとめて明るくふるまった。


翌週の土曜日。碧は父、浩介《こうすけ》とふたりで隣の市にある公園墓地をおとずれた。

「いい天気だねー」

「桜の開花は来週あたりかな」

父が専用駐車場に車を停めると、碧は墓地の出入り口にあった生花店で購入した仏花をかかえて外に出る。白や黄色のスプレー菊に紫色のスターチス、そしてオレンジ色のキンセンカなどを合わせたカラフルな花束で、母もよろこんでくれるだろう。

「けっこう人がいるね」

「お墓参りにはちょうどいい日和《ひより》なんだよ。そろそろお彼岸に入るし」

やわらかい日差しを浴びながら、父が気持ちよさそうに目を細めた。

自宅の最寄り駅から、電車で三駅の町にあるこの墓地で、母の知弥子《ちやこ》が眠りについている。緑に囲まれた広い園内には桜並木があり、花の盛りになるとお墓参りのついでにお花見をしていく人も多かった。

染井吉野《そめいよしの》のつぼみは日に日にふくらみ、近いうちに開花の一報を聞くことができるだろう。父と並んで桜並木の通りを歩いていると、本格的な春がすぐそこまでやって来ているのを肌で感じた。

（お母さんが亡くなったのは、ちょうどこの時季だった……）

つい先日、碧と父は亡き母の命日を迎えた。

当時の自分は、ようやく高校を卒業したばかり。母はまだ四十七歳で、この世を去るにはあまりにはやすぎた。ある日とつぜん家族を喪《うしな》うなんて、ドラマや小説の中でしか起こらないような、遠い世界のできごとだと思っていたのに。予兆もなくふりかかってきた現実は、碧と父を容赦《ようしゃ》なく絶望の底へと突き落とした。

涙が枯れ果てるほど泣き続けても、亡くなった人は還らない。あのころは毎日が苦しくて、ただ息をしているだけでも胸が押しつぶされそうだった。食べることが大好きで、母がつくってくれた食事をお腹《なか》いっぱい平らげていたのに、その母を喪ってからは、何を食べても「おいしい」と感じることがなくなった。

弱り切っていた碧に手づくりの料理をふるまい、食べることのよろこびを思い出させてくれたのが、「ゆきうさぎ」の店主である大樹だった。

彼が手がけた料理には、素材の旨味《うまみ》だけではなく、つくり手の心も溶けこんでいるのだと碧は思う。はじめて会った日、大樹がごちそうしてくれた素朴な料理の数々は、母を亡くした悲しみから食欲を失っていた碧の体を芯からあたため、うつろな心を優しく包みこんでくれた。

大樹が碧のために、栄養のバランスを考えてつくってくれたポタージュを口に含んだとき、碧は久しぶりに味覚をとり戻した。食欲の赴《おもむ》くまま、豪快におにぎりを頬張る彼の姿に触発されて、それまで忘れていた空腹という感覚も思い出した。いまの自分があるのは彼と出会うことができたおかげだ。

大樹の料理に救われたり、癒《いや》されたりしたのは自分だけではない。

これまで多くの人が「ゆきうさぎ」をたずね、白い暖簾をくぐって入ってきた。その中には大小さまざまな問題をかかえ、悩んでいる人も少なくなかった。

もちろん大樹の料理を口にしたからといって、どんな悩みも立ちどころに解決するわけではない。彼はただ、心をこめて料理をつくり、人々の話にじっくり耳をかたむける。ときにそっと背中を押すことはあっても、無遠慮に首を突っこむようなことはしない。

あたたかい食事でお腹を満たせば、気持ちに余裕が生まれ、明日もまた頑張ろうという気力が湧いてくる。精神が安定していれば考え方の幅も広がり、ふとした拍子に問題を解決するための方法が思い浮かぶこともあるだろう。

居心地のよい空間と、厳選された食材を使用し、丁寧《ていねい》につくられた家庭料理。そしてどんな話も真剣に聞いてくれる、温厚な店主。「ゆきうさぎ」に通い続ける常連たちは、大きく枝を広げた大樹《たいじゅ》の下でくつろぐために、今日もまた暖簾をくぐる――

そんなことを考えながら歩いているうちに、母が眠る場所が近づいてきた。

舗装された道を曲がり、区画を示す看板が見えたとき、前方を歩く誰かの後ろ姿が視界に入った。少し距離があるけれど、おそらくは男性だろう。

「どうかした?」

「ううん……。なんでもない」

なんとなく既視感を覚えたのだが、誰とも知れぬ人を呼び止めるわけにもいかない。碧は男性から視線をはずし、墓石が並ぶ一角に足を踏み入れた。

平日は静寂に包まれているこの場所も、今日はやはり人が多い。陽だまりでは何匹かの野良猫《のら》が集まって、のんびり毛づくろいをしていた。慣れているのか、近くに人がいてもあまり警戒する様子はない。

「──あれ？」

玉木《たまき》家の墓石が目に入った瞬間、碧は驚きの声をあげた。父もまた首をかしげる。

「花が供えてあるね……」

「茅ヶ崎《ちがさき》のおじいちゃんたちかな？」

母の両親である祖父母は湘南《しょうなん》地方に住んでいて、お正月とお盆に会っている。父方は祖母が健在だが、数年前から千葉県内の高齢者向け住宅に入居しており、足腰も弱くなっていた。ひとりでここまで来ることはできないだろう。

「お義父《とう》さんたちは昨日から温泉旅行のはずなんだけど……。その前に来たのかな。それにしては花がきれいすぎるような」

父が言う通り、花瓶《かびん》に活けられていた仏花はみずみずしく、ついさきほど買ってきたばかりのように見える。それだけではなく、墓石には水がかけられ、線香皿の上には細い煙をたなびかせるお線香の束が置いてあった。

これは明らかに、少し前まで誰かがいたという証だ。

「親戚の誰かが来てくれたのかもしれないね」

父はそう言ったが、碧にはおおよその見当がついていた。

さっき、遠目に見かけたあの男性。断言はできないけれど、母のお墓参りに来てくれたのは彼なのではないだろうか。

『できれば今後も個人的なお墓参りに来たいのですが、かまわないでしょうか』

『もちろんですよ。母も嬉しいと思います』

母の教え子の中で唯一、碧がここまで案内したことのある人――

彼はいまでも、母の墓前に花を供えてくれるのか。そう思うと胸が熱くなる。

はじめて顔を合わせたとき、彼は母のおかげで救われたと話していた。そこまで慕ってくれる教え子と出会えた母もまた、幸せだったに違いない。これから碧が教えることになる生徒たちとも、そんな関係を築いていければいいなと思う。

「碧、花はどうしようか？　せっかく供えてくれたものをとるのも悪いし」

「少し窮屈《きゅうくつ》だけど、一緒にお供えしよう。華やかになってお母さんも大満足だよ」

二種類の仏花が花瓶に入ると、周囲がぱっと明るくなったような気がした。碧は父と協力して墓石をきれいに磨き上げてから、桜屋《さくらや》洋菓子店で買っておいた新作プリンの容器を墓前に供える。これはお参りのあとに持ち帰らなければいけないけれど。

父が焚《た》いてくれたお線香を手に、碧は墓石の前で膝《ひざ》を折った。

「お母さん。おかげさまで、もうすぐ大学を卒業するよ」

「四月からは、碧もついに『玉木先生』になるんだな」

感慨《かんがい》深げな声音《こわね》で、父が碧の言葉を引き継いだ。

母との悲しい別れから、丸四年。

はじめは泣いてばかりいたけれど、大樹という人に出会えたおかげで、黒く塗りつぶされていた碧の日常は一変した。大学ではよい友人に恵まれ、バイト先でも、自分の生活圏内ではまずかかわることのないような人々と知り合うことができた。

それらの出会いと経験は、自分にとっては生涯の宝。今後も続く長い人生を生き抜くための支えとなり、役立っていくことだろう。

お線香を供えた碧は、両手を合わせてまぶたを閉じた。目には見えずとも、ずっと近くで自分を見守ってくれていたであろう母に感謝の意を伝え、最後にこう語りかける。

(いろいろ心配かけちゃったけど、わたしはもう大丈夫。だから安心してね)

返事をするように吹いてきた春風が、碧の頬を優しく撫でた。

格子戸《こうしど》の下のほうから、カリカリと爪を引っかくような音が聞こえてくる。

犯人はわかっていたので、大樹はゆったりとした足取りで出入り口に向かった。

戸を引いて視線を落とせば、武蔵《むさし》と虎次郎《こじろう》がこちらを見上げている。彼らは「はやくエサを寄越せ」と言わんばかりに鳴きはじめ、息の合った合唱を披露した。

「はいはい、少々お待ちくださいませ」

時間外の来客には慣れていたので、大樹は肩をすくめて厨房《ちゅうぼう》に戻った。

長くこの店に通っている二匹は、看板猫であると同時に、大樹にとっては大事な常連客でもあった。

厳しい世界を生きる野良猫だから、最初はいつまで来てくれるかわからないと思っていた。しかし彼らは、四年が経過した現在も変わらず来店している。「ゆきうさぎ」だけではなく、商店街のあちこちでエサをもらっているようだから、栄養状態がいいのだろう。

（営業中にはあまり来ないんだよな。あいつらなりに気を遣ってるのか？）

大樹はストックしていた猫缶を開け、中身を皿の上に盛りつけた。

栄養を考慮して、猫たちに出しているのはドライフードが多いのだが、たまには贅沢もさせてやろうと高級な猫缶をふるまうこともある。長いつき合いなので、武蔵は王道のまぐろ味、虎次郎はささみ入りを好むことも知っていた。

「ほら」

それぞれの好物を盛りつけた皿を地面に置くと、猫たちは待っていましたとばかりに飛びついた。旺盛《おうせい》な食欲をあらわにして、勢いよく平らげていく。

大樹は腕を組んで外壁に寄りかかり、彼らの食事風景をじっと見守る。

（そういえば、武蔵とはじめて会ったときは煙草《たばこ》を吸っていたんだったな……）

手を出したのは二十一のとき。心配してくれた祖母からは『健康によくないし、せめて本数を減らしていきなさい』と言われていた。心配してくれた祖母が亡くなってもなかなかやめることができずにいたのだが、いまでは卒煙に成功し、吸わなくても精神は安定している。

（まあ、そのぶん甘いものを食べる回数が増えたんだけど）

大樹は口の中で、小さな飴《あめ》玉を転がしながら考える。

糖分の摂り過ぎと肥満には、じゅうぶん注意しなければならない。今年でついに三十歳になるし、歳《とし》をとればとるほど、体重と体脂肪は落ちにくくなっていくのだから。

飴玉が溶け切るまで我慢できず、残っていたそれを奥歯で嚙《か》み砕いたときだった。

「あら、雪村さん」

おっとりとした女性の声が聞こえてきて、大樹は我に返って顔を上げる。

「お疲れさまです。休憩中？」

「ええ。スズさんはお出かけだったんですね。郁馬《いくま》くんも一緒か」

外壁から離れた大樹は、「ゆきうさぎ」のパート従業員、鈴原百合《すずはらゆり》とその息子に笑いかけた。母親の隣で「こんにちは」と礼儀正しく挨拶《あいさつ》した郁馬は、持ち手がついた大きな四角い洋服箱を提げている。

「今日はね、中学校の制服を受けとりに行ってきたんです。ついでに外で食事も」

「ああそうか。郁馬くん、四月から中学生になるんでしたね」

「はやいでしょう。私も歳をとるはずだわ。シミとかシワとか白髪とか……」

「スズさんはほとんど変わってないように見えますけど」

大樹の言葉を受け、百合は「あらほんと？　嬉しいわー」と顔をほころばせる。

「郁馬は六年生の間にだいぶ背が伸びたし、まだまだ大きくなるでしょうね。だから制服もちょっと大きめにつくってもらったんですけど、どうなることやら」

困ったように話しているものの、息子の成長をよろこんでいることが伝わってくる。

たしかに百合の言う通り、郁馬はこの一年でめざましい成長を遂げた。以前は碧よりも背が低かったのに、いまではあっさり追い越している。

「身長、伸びたなぁ。いくつになった？」

「先月に制服の採寸をしたときは、一六〇センチでした」

はきはきとした口調で答えた郁馬は、うらやましそうに大樹を見上げる。

「できれば雪村さんくらいはほしいなあ。バスケ部に入りたいんですけど」

「へえ。小学校でやってたのか？」

「ミニバスのクラブに入ってたんです。おもしろかったから中学でも続けたいなって」

郁馬が入学する予定の公立中学は、碧の出身校でもあった。昨年は教育実習にも行った学校に、今度は郁馬が通うのだ。

いまは痩《や》せ気味だが、部活で鍛《きた》えて筋肉をつければ、体格も相応に育っていくことだろう。声変わりの兆候はまだないようで、高めの声を維持している。とはいえ顔つきは凛々《りり》しくなってきたし、これからの成長が楽しみだ。

「今夜は夫がうちに来てくれるから、三人でご飯を食べるんです。郁馬ったら、お父さんに格好いい制服姿を見せたいみたいで、昨日のうちに床屋さんに行ってきたんですよ。いつもは面倒くさがるのに」

「ちょ、そういうこと人前で言うなって！」

赤くなった郁馬がそっぽを向く。事情があって別居しているが、鈴原夫妻と息子との仲は良好だ。百合は以前、近いうちに同居の目途《めど》が立つかもしれないと言っていたので、郁馬のためにも実現してほしいと思う。

「それじゃ、失礼しますね」

帰っていく百合と郁馬を見送った大樹は、店内に戻ろうと踵《きびす》を返した。

武蔵と虎次郎はいつの間にかいなくなっていた。ウエットフードのかけらも残さず完食し、きれいに舐《な》めとられた二枚の皿だけが残されている。大樹は重ねた皿を手にして裏に回り、母屋《おもや》の庭にある水道で洗った。

それからシャワーを浴びて新しい服に着替え、夜の営業の準備をはじめる。

洗濯したばかりのエプロンをつけた大樹は、厨房に貼ったシフト表を確認した。

(零一《れいいち》さんは休みで、バイトはタマか)

彼女とふたりで店を切り盛りするのも、あとわずかだ。

さびしくはあるが、碧にとってはめでたい門出だ。気をとり直した大樹は、本日のお品書きに従って、料理の仕込みを進めていく。

来店したお客に出す最初の料理――お通しは、春らしい菜の花の辛子和《からしあ》え。おひたしと同じように菜の花を茹《ゆ》で、煮立たせた合わせ地に加える。ぬるま湯で溶いた粉辛子を煮汁に混ぜて味をなじませ、水気を切れば完成だ。

お客に出すときは小鉢に盛りつけ、削り節をふわりとかける。菜の花のほろ苦さと、少し強めに利かせた辛子が舌をぴりりと刺激する、大人向けの一品だ。

(これは彰三《しょうぞう》さんが好きなんだよな。日本酒と合わせて飲むのが最高だって)

目を閉じれば、お猪口《ちょこ》を片手に嬉しそうに箸を伸ばす彰三の姿を、ありありと思い浮かべることができる。

（タケノコは八尾谷《やおたに》会長だな。毎年、奥さんの田舎《いなか》から送られてくるんだったか）

大樹はタケノコの皮を二、三枚剝《む》いてから、水と米ぬかを加えた鍋に入れた。落とし蓋《ぶた》をして一時間半ほど下煮するため、その間に別の料理の仕込みを行う。

鶏挽《とりひ》き肉と調味料を混ぜ合わせ、よく練って丸めたつくねは、串に刺してオーブン焼きに。細かく砕いた軟骨が入っているため、コリコリとした独特の食感を楽しめる。これは花嶋《はなしま》の好物で、自家製の柚子胡椒《ゆずこしょう》を塗って食べるのがお気に入りだった。

そしてもちろん、「ゆきうさぎ」の一番人気にして、碧の父がこよなく愛してくれている肉じゃがの存在も忘れてはならない。

黙々と湯葉《ゆば》シュウマイの下ごしらえをしていたとき、出入り口の格子戸が開いた。

「おはようございまーす」

気づけば時刻は十七時近くになっていた。集中しているとつい時間を忘れてしまう。

「あれ？　今日は零一さんお休みでしたっけ」

「ああ」

厨房に入った碧は大樹の横を通り抜け、奥にある休憩室の中へと消えていく。五分ほどで出てきた彼女は地味な色合いのエプロンをつけ、髪もきちんとまとめていた。

「ん？　そのバンダナ……」

「うふふ、『ゆきうさぎ』です！　おととい駅ビルの雑貨屋で見つけて即買いでした」

碧は興奮した面持ちで、頭に巻いた新品のバンダナを大樹に見せびらかした。

季節を考えれば時季はずれ。しかし、屋号にちなんだ雪兎《ゆきうさぎ》の模様がプリントされたバンダナをつけた碧の姿は、なんとも可愛らしかった。子どものようにはしゃぐ様子も微笑ましいと思ってしまうのだから、我ながら甘くなっているなと思う。

「ところで雪村さん。お掃除と仕込みのお手伝い、どっちにします？」

「実はまだ小上がりしか掃除できてないんだ。床を頼む」

「了解です！」

臨機応変に対応してくれる碧は、ホウキを手にして床の上を丁寧に掃いていった。それが終わると、水で濡らしたモップで一生懸命に磨いていく。バイトの初日は勝手がわからず戸惑っていたが、そんな姿はもう、遠い過去のこと。

時の流れを肌で感じながら、大樹は仕込みの続きにとりかかった。


ソファで読書をしていたら、いつの間にか眠りに落ちていたらしい。

浩介が日を覚ますと、読んでいた新書は床に落ち、窓の外では日が暮れていた。

「……しまった。寝過ごした」

少しずれた眼鏡の位置を直した浩介は、新書を拾ってローテーブルの上に置いた。

リビングのコンセントには、暗くなると自動的に点灯する小さなLEDライトを差している。おかげで室内は最低限の明るさが保たれており、浩介は難なく電気のリモコンを手にとって、照明をつけることができた。

立ち上がってカーテンを閉め、壁の時計を見て驚く。もう二十時半なのか。

（夕方くらいまでは記憶があったんだけどな……）

今日は娘の碧とふたりで、妻の墓参りに出かけた。帰宅してからしばらくすると、碧はアルバイトが入っていると言って「ゆきうさぎ」に向かったのだ。

『お父さん、夕飯はどうする？』

『今日は自分でつくるよ。冷蔵庫に何かしらあるだろうし』

どれだけ愛情をかけて育てたとしても、子どもは親の所有物ではない。

成長して大人になれば、いつかは巣立ちのときを迎え、親のもとから飛び立っていくだろう。碧は就職後もこの家で暮らすと決めているが、それも永遠ではない。転職や結婚などの転機がおとずれたら、いくらでも未来は変わっていくのだ。

いつ「そのとき」が来ても、笑顔で娘を送り出したい。

碧が家を出て行っても困ることがないように、家事は目下修業中なのだが、仕事を持つ身ではなかなかはかどらない。平日は忙しくほとんど家にいないし、休日も疲れてだらだら過ごしてしまい、家事どころではなかった。

(知弥子はすごいな。自分の仕事も大変だっただろうに)

共働きなので協力していたつもりだったが、いま思えば、自分の分担は知弥子とくらべてあまりにも少なかった。多忙だからと言いわけせずに、もっと妻をいたわって、家事や育児に力をそそいでいれば――

ため息をついた浩介は、台所に足を踏み入れた。

冷蔵庫にはそれなりに食材があり、冷凍食品のチャーハンやうどんも入っていた。棚を見ればカップ麺《めん》の類《たぐい》もいくつか置いてある。さすがにこの時間になると食事をつくる気力はなく、だからと言ってインスタント食品もぴんとこない。

自分はいま、いったい何を食べたいのだろう。

首をかしげたとき、リビングに置いたままだった携帯電話が着信した。あわててソファまで戻ると、ディスプレイには「彰三さん」と記されている。

「――もしもし?」

『おう浩ちゃん、いま家か?』

電話口から聞き慣れた声が流れてきた。「ええ」と答える。

『だったら「ゆきうさぎ」に来ないかい？』

「いまからですか？」

『最初は八尾ちゃん……会長とふたりだったんだけどさ、ついさっき花ちゃんが合流してな。せっかくだから浩ちゃんも誘って、四人で飲もうかって話になったわけよ。もちろん無理にとは言わねえけどな』

「いや、すぐに行きます。少し待っていてください」

浩介は即答した。通話を切ると、急いでリビングを出て寝室に入る。昼間に着てハンガーにかけておいた薄手の上着に袖《そで》を通してから、玄関に向かった。

(今夜は碧がいるけど、まあいいか)

娘が恥ずかしがるため、バイトの日は極力店には行かないようにしている。しかし絶対に来るなとも言われていないし、たまにはいいだろう。靴を履《は》いた浩介は、握り締めていた携帯電話と財布、鍵とハンカチを上着のポケットに押しこみ、自宅をあとにした。

マンションを出て駅のほうへと歩を進め、しばらくすると等間隔に街灯が設置された商店街が見えてくる。やがてたどり着いた「ゆきうさぎ」は、いつもとなんら変わることなく白い暖簾が吊《つ》り下がり、やわらかな光が漏《も》れていた。

「いらっしゃいませ！　あ、お父さんだ」

「こんばんは……って碧に言うのは変な感じだね」

潑剌《はつらつ》とした表情で迎えてくれた娘に、浩介は苦笑しながら言葉を返した。彰三たちはカウンター席ではなく、奥の座敷で飲んでいる。

「彰三さんに呼ばれたんだよね。ご飯は食べた？」

「実は碧が出かけたあと、リビングでうたた寝を……。さっき起きたばかりなんだよ」

「ええ？　じゃあお腹すいてるでしょ。すぐに何か持っていくから」

碧がカウンターの内側に入ると、浩介は座敷の前で靴を脱ぎ、畳《たたみ》に上がった。ジョッキやグラスを手にした飲み仲間たちが「いらっしゃーい」と声を合わせる。

「浩ちゃん、急に呼び出しちまって悪かったなぁ。迷惑じゃなかったか？」

「とんでもない。何を食べようかと考えていたところだったので、ちょうどよかった」

「大ちゃんがつくる飯にはハズレがありませんからねー」

「あ、花嶋くん。ここにあるつくねだけど、最後のひとつもらってもいいかね？」

彰三と花嶋、八尾谷会長らが囲む座卓の上には、それぞれが頼んだ飲み物や料理の皿が並べられている。湯葉で包んで蒸し上げたシュウマイに、桜海老《えび》のかき揚げ。タケノコの木《こ》の芽《め》焼きと、柚子胡椒の香りただよう、串に刺した鶏つくね。どれもおいしそうだ。

「美味いなあ……。やっぱり『ゆきうさぎ』の料理は最高だ」

首尾よく鶏つくねを手に入れた八尾谷会長の口元が、幸せそうにゆるんだ。

その向かいでは、畳の上にあぐらをかいた彰三が、かき揚げを肴《さかな》にビールを飲む。衣にかじりつくたびに聞こえてくるのは、パリパリという軽やかな音。口の中で溶け出す油を苦みのあるビールで喉《のど》に流しこむときの快感は、何にも代えがたい幸福だ。

「玉木さんも好きなもの頼んでください。はいどうぞ」

輪切りのレモンが入ったハイボールのグラスを片手に、赤ら顔の花嶋が今月のお品書きを見せてくれる。彰三の隣に腰を下ろした浩介が、何を注文しようか悩んでいたとき、丸盆を持った碧が近づいてきた。

雪兎の模様が描かれたバンダナで頭部を覆《おお》った娘は、浩介の前に湯呑みとおしぼりを置いた。続けて置かれた小鉢の中には、削り節をかけた緑色のおひたし。

「お通しは菜の花の辛子和えです。あとはこれ」

最後に差し出されたのは、肉じゃがを盛りつけた和食器だった。「ゆきうさぎ」で食事をするとき、自分は高確率でこの料理を頼む。碧もそれを知っているから、先に持ってきたのだろう。

「注文が決まったら教えてね」

そう言い残し、碧はくるりと背を向けた。背筋を伸ばして厨房に戻っていく娘の後ろ姿は、堂々としていて美しい。約四年に亘《わた》る「ゆきうさぎ」での経験が、たしかな自信を生み出し、輝きを放っているのだろう。

「タマちゃんの働きぶりも、今月で見納めになるのか。さびしいねえ」

鶏つくねを食べ終えた八尾谷会長が、しんみりとした表情で言った。娘はありがたいことに、多くの常連客から可愛がってもらっている。働き者で親しみやすい看板娘だと褒められたこともあった。そのたびに誇らしい気分になったものだ。

お代わりのビールを瓶からジョッキにそそいだ彰三が、浩介の肩をぽんと叩く。

「嬢ちゃん、来月からは学校の先生になるんだろ。一気に忙しくなるだろうし、浩ちゃんも帰りがはやいときは夕飯のひとつくらいは用意してやりな」

「ええ、そのつもりです」

「何も無理して凝《こ》ったものをつくるこたぁない。疲れたときは惣菜でも冷凍食品でもいいんだよ。大事なのは、お互いの顔を合わせて一緒に飯を食うことだ」

「……………」

「いまのうちに楽しんでおきな。子どもはいずれ、親元から離れていくんだからさ」

すでに娘を社会に送り出した彰三の言葉には、ずっしりとした重みがあった。

（碧のためにつくる食事か……）

己《おのれ》の乏《とぼ》しいレパートリーを思い出していると、正面の八尾谷会長が意味ありげに浩介の背後を指差した。ふり向いた先には、カウンターに囲まれた狭い厨房。その中で娘と大樹が楽しそうに会話をしている。

浩介には少々距離が近すぎるようにも見えたが、ふたりはまったく気にすることなく自然に寄り添っている。さわやかでありながら親密な空気だ。

「――やっぱりあのふたり、デキてるよなぁ？」

花嶋のつぶやきを聞いたとき、もしかしたらという予感が確信に変わった。

それからちょうど一週間後。

昼食をとったのち、浩介はひとりで近所のスーパーに足を運び、買い物にいそしんでいた。週末のため、店内は買い出しにやって来た人々で混み合っている。浩介は青果や精肉などの売り場を回って、必要な食材をカゴの中に入れていった。

「ええと……これでぜんぶかな」

事前にまとめておいたメモを広げ、買い忘れがないか確認する。

ここに大樹がいたら、野菜の品質や肉の鮮度を見極め、もっともよいものを選び抜いてくれただろう。いまは自分しかいないので、残念ながら見分けがつかない。とりあえず色や形がよさそうな品を選んでおいた。

食材がすべてそろうと、レジに向かう。

催事コーナーではお花見フェアを行っていて、缶ビールのケースがピラミッドのように積み重なっている。ほかにもペットボトルの飲み物やお菓子などが集められ、造花の桜やピンク色のペナントで華やかに飾りつけられていた。

「ありがとうございましたー」

いつの間にか導入されていた自動精算機で会計を済ませ、持参したエコバッグに詰めて店を出る。三月も下旬になると、昼間はだいぶ過ごしやすくなり、寒さで身震いすることもなくなった。桜のつぼみはついに開きはじめ、人々の心を浮き立たせている。

「あ、浩介さん。こんにちは」

商店街の通りを歩いていたとき、「ゆきうさぎ」の前で大樹と会った。

長袖の白いシャツにジーンズ姿の彼は、馴染《なじ》みの野良猫二匹にエサをやっているところだった。自由気ままな猫たちは、キャットフードを食べ終えると、機嫌よく尻尾を揺らしながら神社のほうへと帰っていく。

「買い出しですか？」

肩にかけたエコバッグに視線を向ける大樹に、浩介は「ああ」とうなずく。

「今夜の食事は僕がつくるんだ。碧は夕方まで大学の友だちと出かけているから」

「浩介さんが……」

大樹は表情をほころばせ、「いいですね」と答える。

「タマ、すごくよろこぶでしょうね。何をつくるんですか？」

「それは……あとで碧から聞けると思うよ」

――娘はきっと、いの一番にきみに話すだろうから。

にっこり笑った浩介は、目をしばたたかせる大樹と別れて自宅に戻った。台所に入ると
エコバッグを床に置き、流しの水で手を洗う。

自室のクローゼットから引っぱり出したダークグレーのエプロンは、だいぶ前に自分用
として買ったものの、ほとんど使っておらず新品同様。これからは活躍させたいと思いな
がらエプロンを身に着け、後ろのボタンを留める。

「よし、やるか」

腕まくりをした浩介は、さっそくエコバッグの中から食材をとり出した。

(これさえあればなんとかなるはず)

ダイニングテーブルの上に広げたノートには、一年近く前、大樹から教えてもらった料理のつくり方が書き留めてある。自分で料理をするなら、何を置いてもマスターしておきたい一品だったが、すべてをひとりで行うのは今回がはじめてだった。

（まあ、大丈夫だろう。途中まではなんとなくカレーに似ている感じだし）

市販のルーを使ったカレーなら、これまで何度もつくったことがあるのだ。

浩介はまず、買ってきた野菜を流しで洗った。それが終わると、ピーラーを用いてすると皮を剝いていく。大樹は自分の意のままに包丁をあやつっていたが、素人は無理をせず、簡単な方法を選ぶべきだ。

牛肉とじゃがいもは一口大に切り分け、後者は変色するのを防ぐために水にさらす。その間に玉ねぎとニンジンの下ごしらえを済ませ、煮汁に加えるしらたきと、仕上げの飾りに使う絹さやは、それぞれを別の鍋に入れて下茹でした。

（さて、次は……？）

『鍋に油をひいて、具材を炒《いた》めてください。根菜に油をなじませることで、味わいにコクを出します。それから出汁《だし》と調味料、あと牛肉を加えるんですけど、肉は煮立てる前にほぐしておいてくださいね。沸いてからだとかたまるので』

大樹の言葉を思い出しながら、浩介は黙々と調理を続けた。

鍋の中身が煮立ったところで火を弱め、落とし蓋をして煮詰めていく。

『落とし蓋をすれば、煮汁が少なくても具材の全体に行き渡って、味が均一に染みこんでくれます。煮崩れしにくくなる効果も期待できますよ』

ぐつぐつと煮込まれている鍋を見ているうちに、脳裏《のうり》にいつかの光景がよみがえった。

妻を亡くして間もないころ、碧は食欲をなくしていた浩介のために、好物の肉じゃがをつくってくれた。そのころは料理が不得手だったのに、父親においしいものを食べて元気になってもらいたいという一心で、みずから台所に立ったのだ。

娘の真心がこもった手料理の味は、いまでもはっきりと憶《おぼ》えている。

『朝ご飯、これからはできるだけつくるようにするね。お母さんみたいに手が込んだものはまだつくれないけど、ちょっとずつでも覚えていくつもり。だから……』

『一緒に食べようか。今みたいに』

『……うん』

その日以降、碧は可能な限り、浩介と朝食をともにするようになった。

食卓で向かい合い、他愛《たわい》のない話で笑いながら食事をとる時間は、現在の自分にとってはかけがえのないひとときになっている。大切な人を喪い、暗く沈んでいた玉木家に変化をもたらしたきっかけは、間違いなくあの素朴な肉じゃがだった。

あれから四年の月日が経《た》ったいま、碧は就職という、人生の大きな転機を迎えようとしている。立派に成長した娘に父親である自分ができるのは、ただ静かに見守ることだけなのかもしれないけれど。

いつか自分のもとから巣立ったとしても、家族として変わらぬ愛情をそそぎ、その人生を応援し続ける。そんな気持ちを少しでも伝えたかった。

(でも、さすがに言葉に出すのは照れくさいな……)

ふたたび鍋に目を落としたとき、玄関のドアが開く音が聞こえてきた。


三月二十三日、十八時二十分。

「ただいまー」

錠をはずしてドアを開けたとたん、碧ははっと息を飲んだ。

――この匂いは……。

廊下の奥からふんわりとただよってくる、醬油《しょうゆ》と出汁の優しい香り。一瞬、ここが自宅ではなく「ゆきうさぎ」なのではないかという錯覚にとらわれる。ほうけたように立ち尽くしていた碧は、やがて我に返って靴を脱いだ。

（お父さん、今日は和食をつくったんだ）

これまでも父が食事の支度をしてくれたことはあったが、メインは買ってきたお惣菜が多く、自分でつくるのはカレーやシチュー、そして簡単な炒め物がほとんどだった。父が家の中で煮物の香りをただよわせるのは、はじめてではないだろうか。

洗面所でうがいと手洗いを済ませた碧は、期待に胸をふくらませながら、台所やダイニングと直結しているリビングのドアを開いた。

「おかえり。ちょうど夕食ができたところだよ」

視線の先には、めずらしくエプロンに身を包んだ父の姿。お盆を片手に持った父は、白いご飯をよそったお茶碗《ちゃわん》をダイニングテーブルの上に置く。

「冷めないうちに食べよう。ほら、座って」

「うん」

脱いだ上着はバッグと一緒にソファの上に置いて、碧はテーブルに近づいた。

食卓で湯気を立てているのは、お茶碗の中でつややかに輝く炊《た》き立ての白米と、三つ葉が浮かんだかき玉汁。そして――

「肉じゃがだ……」

煮物用の器《うつわ》に盛りつけられていた料理に、碧の目は釘付けになった。

使われている食材から考えて、「ゆきうさぎ」のレシピでつくったのだろう。牛肉としらたきが入り、あざやかな緑の絹さやが彩《いろど》りを添えていた。じゃがいもとニンジンは面取りもされていて、煮崩れすることなくきれいな形を保っている。

「つくり方は前に大ちゃんから教わっていたんだけど、なんだかんだで挑戦する機会を逃していてね。やっと実現できてよかったよ。見た目はそんなに悪くないかな?」

「悪いだなんて。これ、ほんとにはじめてつくったの?　すごく上手!」

「はは、ありがとう。やっぱり褒めてもらえると嬉しいものだね。でも肉じゃがに集中しすぎたせいで、ほかのおかずを用意する時間がなかったんだ」

「肉じゃがだけでも立派なごちそうだよ……」

語尾が震えた。これは自分のために、父が腕をふるってくれた貴重な一品なのだ。

向かい合って座った碧と父は、「いただきます」と言って手を合わせた。

箸で挟んで口に入れたじゃがいもは、ほどよい甘さに味つけされた煮汁の旨味が、芯まで行き届いていた。牛肉もやわらかくて、赤身と脂身《あぶらみ》のバランスが絶妙だ。少し濃い目の味だから、白いご飯によく合っている。

「おいしい……」

感嘆のため息とともに、素直な言葉がこぼれ落ちた。

「――碧」

顔を上げると、真剣な表情の父と目が合った。

「就職して社会に出たら、これまで以上につらいことが起こったり、嫌な思いをしたりすることもあると思う。もしそうなったときは、ひとりで悩みをかかえこむことだけはしないでほしい。このさき何が起こっても、僕はずっと碧の味方であり続けるから」

自分に対する愛情にあふれた父の言葉に、目頭がじわりと熱くなる。

「やっぱり面と向かって言うのは照れるね」

恥ずかしそうに笑った父は、「でも大事なことだから」と続ける。

碧は膝の上で、ぎゅっとこぶしを握り締めた。普段は羞恥心《しゅうちしん》が先に立ってなかなか口にできないことを、父は言葉にして伝えてくれたのだ。その誠意に応えたいと思うなら、自分もいまこの場所で、重要なことを話しておかなければ……。

「あの、ね」

鼓動が一気に高鳴った。食卓に両手をついた碧は、父に向けてがばっと頭を下げる。

「いままで黙っていて申しわけありませんでしたっ！　実はわたし、去年の夏ごろから雪村さんとその――いわゆる男女のおつき合いをさせていただいております！」

（い、言った！　ちゃんと言えた！）

「つきましては我々の交際を認めていただきたく……！」

緊張と興奮で変な敬語になってしまったが、意味はしっかり伝わったはず。

がちがちになりながら父の審判を待っていたとき、やがて前方から小さく息が漏れるような音が聞こえてきた。おそるおそる視線を上げてみると、口元に手をあてた父が、なぜか小刻みに肩を震わせている。

「……わたし、何か妙なこと言った？」

「いや、ごめん。あまりにも大げさすぎてね」

ついに大樹との交際を明かしたのに、父は笑いをこらえるばかりで、驚く気配がまるでなかった。父曰く、碧と大樹の関係については、だいぶ前から察していたそうだ。

「常連の間ではとっくに噂《うわさ》になっていたよ。でも本人たちは何も言わないから、知られたくないのかと思って。だからそっとしておこうってことになったんだ」

つまり、知らぬは当事者の自分たちだけだったというわけなのか。

「うう、恥ずかしい。恥ずかしすぎる……！」

食卓の上で頭をかかえて悶《もだ》えていると、父の雰囲気が真面目なものに変わった。

「母親ならまだしも、父親にこういったことを話すのは勇気がいっただろう。だから教えてくれて嬉しいよ。打ち明けてくれてありがとう」

「お父さん……」

「僕が言うのもなんだけど、大ちゃんはしっかりした人柄《ひとがら》の誠実な男だ。反対する気なんてさらさらないから、これからも仲良くやっていきなさい」

「――はい！」

胸のつかえがとれたと同時に、碧の心の中に晴れ晴れとした青空が広がっていく。

玉木家にふたたび、新しい風が吹いた瞬間だった。

終章　桜の季節に店仕舞い

支度中

三月二十六日、十時五十分。

碧《あおい》が通う私立大学では、卒業式が厳《おごそ》かに執り行われていた。

卒業生の人数が多いため、式典は大学の構内ではなく、毎年近くのコンサートホールを借りて行われる。午前と午後の二部制で、碧が在籍《ざいせき》する教育学部は、十時からはじまる第一部にふり分けられた。

ざっと見たところ、男子のほとんどがスーツ姿で、女子は八割方が袴《はかま》だろうか。座席には色とりどりの花が咲いているようで、とても華やかだった。

実際に目にするのは、おそらく入学式以来だろう。やたらと長い理事長の祝辞を聞きながら、碧はぽつりとつぶやいた。

「卒業かぁ……。なんだかあっという間だったな」

その言葉を聞きつけて、両隣の席に座っていた玲沙《れいさ》とことみが反応する。

「時の流れとは、得てしてそういうものよ」

「歳《とし》をとればとるほど、一年を短く感じるようになるっていうものねえ……」

大正時代の女子学生のような、レトロな矢絣《やがすり》模様の着物と袴を身に着けたことみに対して、玲沙は彼女らしいクールな細身のスーツで決めている。一方の碧は、淡いクリーム色の地にあざやかな色合いの花々が描かれた着物に、濃い紫の袴を合わせていた。

浴衣ではない着物に袖《そで》を通したのは、成人式以来、二年ぶりのことだ。髪は結い上げてもらい、梅と桜をモチーフにした髪飾りをつけている。本当はもう少し地味な色の着物にするつもりだったのだが、一緒にレンタル店に行った父が『こんなときくらいは華やかにしてもいいんじゃないかな』と言ったのだ。

『碧はクリーム色も似合うと思うよ。花もたくさん描いてあるし、明るい感じだ』

この手のことに対して、父が自分の意見を述べるのはとてもめずらしい。

父が気に入った着物は可愛《かわい》かったし、実際に着てよろこばせたかったので、碧は迷うことなくこれを選んだ。父はどうしてもはずせない仕事があって、卒業式に来ることはできなかったのだが、事前に記念撮影をしたときに晴れ姿を見てもらった。

『ああ、やっぱり。すごくきれいだ。写真ができたら一番に、知弥子《ちやこ》に見せよう』

（お父さん、よろこんでくれてよかった……）

父に思いを馳《は》せているうちに、ようやく理事長の祝辞が終わった。卒業生の代表が答辞を述べ、最後に校歌斉唱で幕を閉じる。

「終わっちゃったねー……」

「碧、帰ったらだめだよ。大学に戻って卒業証書もらわないと」

「カフェテリアで謝恩会があるみたいだけど、玉《たま》ちゃんも行く？」

会場を出た碧たちは、大学に戻って教授のもとをたずねた。

「おお、玉木《たまき》くんか。待っていたよ」

研究室に入ると、お世話になった教授が笑顔で出迎えてくれた。この大学では、卒業証書は担当教授から渡されることになっているのだ。

「さあ、受けとりたまえ」

手渡された紺《こん》色のホルダーを開けば、「卒業証書」と「学位記」という大きな文字。その下には自分の名前がしっかり表記されている。そして所定の課程を修めたことと、教育学の学士という位が授与されたことが記してあった。

「卒業おめでとう。玉木くんは何事にも真面目に取り組み、努力を惜しまない学生だったね。その美徳でこれからも、多くの人を惹《ひ》きつけていくことだろう」

「ありがとうございます」

「きみの卒論にはなかなか感服させられたよ。何か困ったことがあれば、いつでも相談しに来なさい。微力ながら力になろう」

碧の卒論に高い評価をつけてくれた教授には、三年次に上がったときから二年間、熱心に指導してもらった。恩師に向けて深く頭を下げた碧は、卒業証書を大事に胸に抱いて研究室をあとにしたのだった。

それから事務局に行って学生証を返却し、最後の成績表を受けとった。そしてカフェテリアで開かれた謝恩会に、玲沙やことみと一緒に参加する。

「碧はゼミのみんなで集まらないの？」

「明日、祝賀会を兼ねた飲み会があるんだよ。今日はどうしてもばたばたするから」

「そのほうがいいかもね。袴だと締めつけがあってそんなに食べられないし」

苺《いちご》のロールケーキが載ったお皿を片手に、ことみが苦しそうにお腹《なか》をさすった。

昼過ぎまで続いた謝恩会が終わると、玲沙たちはそれぞれのゼミ仲間で集まるため、碧と別れた。お世話になった人たちへの挨拶《あいさつ》も済ませたので、名残惜しい気持ちはあったもののの、碧はまだにぎやかな構内をあとにする。

「二時半か……」

この時間だったら、大樹はお昼の営業を終えて休憩に入っている。これから行ってもいいかというメッセージを送ったのち、碧は彼が待つ「ゆきうさぎ」に向かった。

今年は平年よりもはやく桜が開花している。大学の構内はもちろん、電車の車窓からもときおり、ピンクに色づいた木々が見えた。満開ではなかったが、碧が新しい職場に出勤するころには、みごとな花を咲かせているに違いない。

（雪村《ゆきむら》さん、袴を見たらなんて言ってくれるかな）

大学と同じく、四年間通い続けた「ゆきうさぎ」の前では、いつものように武蔵《むさし》と虎次郎《こじろう》がくつろいでいた。厳しい冬を今年も無事に乗り越えた二匹は、やわらかな春の日差しをその身に浴びて、幸せそうにまどろんでいる。

期待に胸を躍《おど》らせながら、碧は「準備中」という札が下がった格子戸《こうしど》を引いた。ガラガラという小気味よい音とともに、元気よく挨拶する。

「こんにちはー！」

「タマか。思ったよりはやかったな」

簡易厨房《ちゅうぼう》で作業をしていた大樹《だいき》が、碧の袴姿を見て大きく目を見開いた。

揚げ物をしていたのか、食欲をそそる油の匂いがただよっている。「ゆきうさぎ」ではオリーブオイルを使っているから、その香りだろう。一瞬で魅了されてしまい、引き寄せられるように店内に入っていくと、大樹が「そういえば」とつぶやく。

「今日が卒業式だって言ってたな」

「はい。この着物、父が選んでくれたんです。どうでしょう？」

碧が着物の柄《がら》を見せるようにポーズをとると、カウンターの外に出た大樹がこちらに近づいてきた。揚げ物の香りが染みついているようで、目の前に立った彼からは、なんだかとてもおいしそうな匂いがする。

無言で着物を見つめていた大樹は、指先で碧の髪飾りに触れながら微笑《ほほえ》んだ。

「浩介《こうすけ》さん、センスいいな。色も絵柄もタマによく似合ってる」

「ほんとですか?」

「ああ。すごく可愛《かわい》いよ」

さりげなく放たれた一言に、思わず顔が熱くなる。自分ではなく着物を褒《ほ》めてくれたのだと言い聞かせていると、まるでこちらの心を読んだかのように、大樹が付け加えた。

「言っておくけど着物だけじゃないからな」

「!」

心の底から愛《いと》おしさが湧き上がってきて、碧はあふれ出る感情のままに、大樹の体に抱き着こうとした。しかし今日はなぜか、ひらりとかわされてしまう。逃げられてしょんぼりする碧に、大樹は神妙な面持ちで「いまはだめだ」と告げた。

「どうしてですか?」

「まだ着替えてないから、服に仕事中の匂いが染みこんでるんだよ。汚れもついてるかもしれないし……。着物に移すわけにはいかないだろ。だからいまはくっつくな」

「えー……。いい匂いだなって思ってたのに。おいしそうで」

目をぱちくりとさせた大樹は、「俺は食べ物じゃないぞ」と苦笑する。

「腹が減ってるなら残り物があるけど」

「いいんですか？」

「その格好だとそんなに入らないかもしれないけどな」

碧はいそいそとカウンター席に腰かけた。厨房に戻った大樹が、「どうぞ」と料理を出してくれる。

お皿の上に載っていたのは、きつね色のコロッケだった。ころんとした丸い形のそれに箸《はし》を入れると、良質な油で揚げられた衣がざくざくと音を立てる。中を割ってあらわれたのはマッシュポテトではなく、濃厚なバターと醬油《しょうゆ》の香りをまとわせたご飯だ。

「ランチで出した和風オムライスが少し余ったから、衣をつけて揚げたんだ」

「チーズも入ってるんですね！　いただきまーす」

両手を合わせた碧は、箸で挟んだライスコロッケを頰張《ほおば》った。お腹だけではなく心も満たす賄《まかな》い料理を味わっていると、その様子を感慨《かんがい》深げに見つめていた大樹が口を開く。

「――卒業おめでとう」

碧が「ゆきうさぎ」で働く最後の日は、すぐそこまで迫っていた。

※この作品はフィクションです。実在の人物・団体・事件などにはいっさい関係ありません。

集英社オレンジ文庫をお買い上げいただき、ありがとうございます。
ご意見・ご感想をお待ちしております。

● あて先
〒101-8050　東京都千代田区一ツ橋2-5-10
集英社オレンジ文庫編集部 気付
小湊悠貴先生

ゆきうさぎのお品書き

風花舞う日にみぞれ鍋

集英社
オレンジ文庫

2020年1月22日　第1刷発行

著　者　小湊悠貴
発行者　北畠輝幸
発行所　株式会社集英社
〒101-8050東京都千代田区一ツ橋2-5-10
電話【編集部】03-3230-6352
【読者係】03-3230-6080
【販売部】03-3230-6393（書店専用）
印刷所　凸版印刷株式会社

※定価はカバーに表示してあります

ISBN 978-4-08-680297-0 C0193